아무튼, 산

아무튼, 산

장보영

코난북스

차례

그때는 산이 없었다

어린 시절을 생각하면 엄마의 포근하고 따뜻했던 등이 어른거린다. 추운 겨울, 어디론가 갈 때면 엄마는 나를 강보로 두르고 점퍼로 감싼 채 강바람을 뚫었다. 엄마의 두꺼운 점퍼가 허공을 덮으면 온 세상이 깜깜해졌다. 그때마다 나는 답답하고 무서워서 그악스럽게 울어댔고 엄마는 그런 나를 달래려 내 엉덩이를 손으로 투닥투닥 두드렸다. 그러면 나는 마음을 놓고 엄마의 온기에 얼굴을 파묻다가 까무룩 잠이 들었다.

젊은 신혼부부가 살았던, 내가 태어나고 처음으로 세 식구가 함께 살았던 다섯 평 남짓한 단칸방에서의 일도 어렴풋이 떠오른다. 역시 추운 겨울, 부엌에서 엄마가 뜨거운 물을 세숫대야에 내려 나를 목욕시키면 아빠가 다 씻긴 나를 쪽방과 이어진 작은 창문을 통해 건네받아 내 몸의 물기를 정성스레 닦아줬다. 나는 바깥의 한기를 피해 작은 창문 이쪽저쪽을 밥상처럼 오고 갔다.

고작 네다섯 살 때일 텐데 이렇게 떠오르는 기억들이 하나같이 서늘한 날들뿐인 건 아마 내가 춥고 겨울이 길기로는 대한민국에서 손에 꼽히는 고장에서 자랐기 때문일 것이다. 강원도 내설악의 산간지방 인제에서 1985년 1월에 나는 태어났다.

두 식구에서 세 식구로, 세 식구에서 네 식구로, 네 식구에서 다섯 식구로 늘어나는 동안 우리는 아빠가 다니는 우체국을 따라 인제의 거의 모든 동네를 돌아가며 살았다. 봄 소풍 때는 학교 앞 솔밭에서 수건돌리기를 했고 여름이면 내린천에서 물고기를 잡거나 수영을 했다. 가을의 체육 시간에는 뒷산에 올랐고 겨울이면 얼어붙은 강으로 달려가 신나게 스케이트를 탔다. 그사이 많은 친구가 이곳을 떠났고 전학을 왔고 다시 떠났다. 마음 주는 일을 아끼지 않았기에 허전함은 오래갔다.

모든 것이 편하고 익숙했던 이곳을 떠나고 싶다는 서툰 열망이 가슴 한구석에 싹트기 시작한 건 내린천댐 건설 소식으로 온 동네가 술렁일 즈음이었다. 일과를 마친 어른들은 매일 저녁이면 고향을 지키기 위해 이마에는 하얀 띠를 두르고 손에는 팻말을 들고 거리로 나가 목에 핏대를 세우며 댐 건설 반대 운동을 했다.

그러나 나와 친구들은 그 반대에 반대했다. 우리가 고향을 탈출할 수 있을 것 같은 유일한 방법은 마을에 댐이 세워지는 일밖에 없었으니까. 어른들이 내린천댐 반대 구호를 외치던 그 시간에 우리는 다른 꿈을 꾸었다.

"댐이 생기면 나는 서울로 갈 거야." "나는 축구장이 있는 수원!" "나는 대전에 한번 가보고 싶어." "부산이 서울 다음으로 크다던데."

대구, 포항, 광주, 전주…. 지명이 생소할수록, 지도에서 인제와 멀어질수록 친구들의 탄성은 비례했다. 고향이 수몰된다는 것이 어떤 아픔인지 알기에 그때의 우리는 너무 어렸다. 1년, 2년, 3년…. 격동의 세월이 흘렀다. 그리고 '하늘 내린 인제'의 내린천댐 건설은 백지화됐다. 1999년 무렵의 일이다.

처음으로 인제를 떠난 것은 이듬해 고등학교에 입학하면서였다. 가족을 남기고 나는 홀로 홍천으로 유학을 갔다. 항상 머무는 사람이었던 내가 난생처음 떠나는 사람이 되는 일이었다. 당시 친하게 지냈던 친구들은 대다수가 자연스럽게 면내의 고등학교에 진학했다. 가족들, 오랜 친구들 없이 타지에서 보내는 일상은 쓸쓸하고 외로웠다. 나는 허전함을 달래려 주말이면 인제로 가는 버스에 올랐다. 그러나 학기가 바뀌고 겨울에 이를 즈음에는 그 발길도 서서히 뜸해졌다.

어린 시절의 일들은 빠르게 추억 속 후일담이 되어갔다. 여고생이 되고 모든 일의 1순위는 대학 입시가 됐다. 계절에 상관없이 학교와 학원과 독서실

과 집을 오고 갔다. 한 줄기 빛 같은 즐거움은 토요일 오후의 방과 후 활동 시간이었다. 도서부보다 그럴듯해 보여서 가입한 교지편집부에서 나는 학내 행사들을 취재하고 크고 작은 백일장에 출전하며 학교생활의 흥미를 찾았다.

국문과 '오존 학번(당시 03학번은 오존 학번, 02학번은 산소 학번이라 불렀다)'으로 대학에 입학하며 춘천으로 이사를 했다. 시와 낮술과 강촌역과 소양강을 오고 가며 스무 살 언저리를 보냈다. 보고 듣고 읽고 쓰고 생각하고 느끼던 날들이었다. 대학 생활은 흥미로웠다. 특히 교양 과목으로 듣던 철학을 복수 전공하면서 삶은 더욱 의미 있고 부쩍 살아볼 만한 것처럼 여겨졌다. 인간은 왜 사는지, 무엇으로 사는지, 우리는 어디에서 왔고 어디로 가는지 같은 것들을 생각하며 이곳이 아닌 저곳을 꿈꿨다.

덩달아 문학을 향한 갈망도 더 커져갔다. 그래서 4학년이 됐을 무렵에는 사회로 나가는 것을 유예하고 문학 공부를 좀 더 해야겠다고 결심했다. 그리고 소설 전공으로 신촌의 국문과 대학원에 입학했다. 비싼 등록금을 모으기 위해 수업이 없는 오전에는 학과 조교, 오후에는 노량진 공부방 글쓰기 교사, 주말에는 일산의 독서실 총무 아르바이트를 했다.

그리고 기숙사로 돌아온 밤에는 수업과 스터디 준비를 했다. 주경야독의 나날이었다. 대학 시절, 무지했던 내 삶을 밝혀준 철학의 여러 이론들을 통해 다양한 작품들을 읽어나가고 그로부터 발 딛고 살아가는 현실을 다시 바라보면서 나의 세계는 성장하고 있었다. 그렇다고 믿었다.

하지만 불쑥불쑥 밀려드는 이유 모를 공허함 앞에서는 망연자실했다. 허투루 굴러가는 시간 하나 없었다. 나날이 분주하고 치열했다. 그러나 무언가가 빠진 것 같았다. 그럼에도 시간은 지나 대학원 마지막 학기가 다가왔고 기숙사와 도서관을 오고 가며 논문을 준비하는 팍팍한 생활에 들어갔다. 한 편의 소설을 완성한다는 각오로 날마다 책상 앞에 앉아 학위 논문을 완성했다. 노란 개나리가 바라보이는 창가에 앉아서 시작한 일이었는데 인쇄소를 다녀가던 날에는 하얀 눈이 흩날렸다.

이윽고 출근과 퇴근을 하는 새로운 생활을 시작했다. 나는 전공을 살려 30년 역사와 전통을 자랑하는 중견 출판사에 편집자로 입사했다. 매일 아침 8시면 2호선 합정역 앞에서 경기도 파주 출판단지로 향하는 2200번 광역버스를 탔다. 처음 직장인이 됐을 때의 기분은 마냥 좋았다. 좋아하는 책과 하루를 보낼 수 있어서 좋았고, 다달이 월급이 들어와서 좋았고, 무엇보다 하루의 시작과 끝이 있어서 좋았다. 문학 공부를 할 때는 시작과 끝이 없었다. 끝은 보이지 않고, 시작은 한 것 같은데 그것이 시작인지도 잘 모르겠고, 끝은 또 다른 시작이었고….

날마다 내가 할 수 있고 해야 할 일이 있다는 것도 좋았다. 하루 치 원고를 매만지고 나면 그날 내가 얼마만큼 열심히 살았는지 그 수치가 눈에 보였다. 나의 노동이 어딘가에 쓸모가 되고 있다고 느껴질 때의 뿌듯함이란. 내가 누군가에게 필요한 사람이라고 여겨질 때의 소속감이란. 그렇게 열심히 마감한 하루들이 모여 책 한 권으로 만들어졌을 때의 성취감이란. 잉여 인간이라 자책하거나 자기 연민에 빠져 지냈던 지난 시간에 비하면 분명 생산적인 일을 하고 있었다.

그러나 그 시간도 길지 않았다. 마냥 좋았던 것들이 익숙해지면서 한 해를 돌아 파주에 봄이 찾아왔을 무렵엔 일상은 무료해져 있었다. 저자의 원고를 가장 먼저 읽는 독자가 되는 일도, 한 권의 책을 책임지고 만들어내는 일도, 그렇게 이 세상에 보탬이 되는 일도 유용했지만 날마다 눈앞에 펼쳐지는 책상 풍경은 출구 없는 터널 같았다.

반복되는 날들, 변함없는 날들, 아무 일도 일어
나지 않는 날들, 아주 좋지도 그렇다고 썩 나쁘지도
않은 날들. 나는 분명 무언가를 간절히 원하고 있었
다. 그러나 무엇을 원하는지는 전혀 알 수 없었다.

첫 산은 지리산

그즈음 산이 나에게 다가왔다. 어렸을 때부터 내 곁에는 배경처럼 산이 있었다. 그리고 나는 그런 산을 벗어나 언제나 낯선 세상을 갈망했다. 그런 나에게 산이 전과는 다른 모습으로 다가온 건 내 안에 오랫동안 웅크리고 있던 어떤 갈증 때문이었다.

문학과 철학, 그때까지 내 삶을 지탱해주던 것들로는 해소되지 않는 갈증. 그 갈증은 나를 나이게 했던 모든 것을 넘어서고 싶다는 강렬한 충동으로 이어졌다. 그렇게 해야만 내가 원하는 것에 가닿을 수 있을 것 같았다. 산에 가야겠다는 생각이 불쑥 들었다.

시작은 지리산이었다. 너무 유명해서 누구라도 한 번은 들어봤을 그 이름. 산을 정말 몰랐기에 첫 산행지로 선택한 그 이름. 지리산을 포털 사이트에 검색했다. TV 방송 시작과 끝 애국가 영상에서나 보아온 장관이 컴퓨터 모니터 속으로 펼쳐졌다. 그 장면을 입을 벌린 채 멍하니 쳐다보고 있는데 가지 않을 도리가 없었다. 말 그대로 산이 나를 부르는 것만 같았다.

어느새 나는 지리산을 다녀온 사람들의 후기를 찾고 있었다. 전국의 수많은 사람들이 저마다의 경로와 방법과 목적과 이유로 지리산을 오르내리고 있었다. 이 어마어마한 지리산을 다녀온 어마어마한 사람들이 이렇게 어마어마하게 많다니.

그중 거듭 눈에 들어오는 단어가 '화대종주'였다. 화엄사에서 대원사까지, 지리산 서쪽 끝자락에서 동쪽 끝자락까지, 45킬로미터에 이르는 주능선 위 봉우리들을 연달아 오르내리는 길이라고 했다. 출발지와 도착지 두 사찰의 앞 글자를 딴 이 화대종주를 사람들은 지리산 등산의 정석으로 꼽았다. 높은 능선을 타고 넘는 코스라 중간에 포기해도 내려오는 것도 만만치 않다고 했다. 지금 생각하면 첫 산행지로 지리산을 꼽은 것도 무모했는데 하필 화대종주가 눈에 들어온 것이었다.

지리산 종주 후기들을 속독하며 몇몇 인터넷 산악회에 접속했다. 중장년층 남성들이 주축이 되어 활동하는 커뮤니티가 대부분이었다. 그러던 중 싸이월드 클럽에서 '일촌 산악회-7585 정상에 선 사람들'을 발견했다. 이름처럼 1975년에서 1985년 사이의 출생자만 가입할 수 있는, 당시로서는 나름 젊은 산악회인 듯했다.

회원 가입을 하고 사이트를 둘러봤다. 마침 지리산 화대종주에 함께할 산행 멤버를 모집한다는 글이 눈에 들어왔다. 하늘은 스스로 돕는 자를 돕는다.

글을 올린 사람에게 조심스럽게 쪽지를 보냈다.

"혹시 함께할 수 있을까요?"

즉각 답장이 왔다. "반갑습니다. 산행하신 지는 얼마나 되셨어요? 지리산은 몇 번째인지?"

자판 위 나의 손은 분주했다. 키보드로 무언가를 입력했다 지우고 입력했다 지우길 반복했다. 뭐라 대답해야 이 사람들과 같이 지리산에 갈 수 있을까? 2년? 두 번째? 모르겠다. 솔직하게 말하자. "저, 산은 처음인데요…."

답장을 기다리며 심장은 마구 뛰었다. 짝사랑하는 상대에게 고백하고 그의 대답을 기다릴 때처럼. 과연 나는 지리산에 갈 수 있을까?

"…죄송합니다. 아무래도 힘들 것 같네요. 지리산은 등산을 많이 해본 사람에게도 무척 혹독한 산이거든요. 다음 기회에 뵐게요."

순간 철렁했다. 도대체 지리산이 뭐라고? 의자에 반쯤 누운 채 모니터 속 지리산을 바라봤다. 다시 봐도 계속 봐도 아름다웠다. 보면 볼수록 가고 싶어졌다. 어떻게든 가고 싶었다.

까짓것 혼자라도 가보자! 그렇게 작정하고 며칠 동안 지리산 산행 정보를 스크랩했다. 일단 구례구역으로 가야 한다는 것, 구례구역에 내려서는 등산객으로 보이는 사람들과 택시 합승을 한다는 것, 화엄사에서 노고단까지 7킬로미터는 꼬박 가파른 오르막이라는 것, 노고단에 가면 식수를 얻을 수 있다는 것, 노고단에서 정상인 천왕봉까지는 삼도봉, 토끼봉, 명선봉, 형제봉 등 열 개가 넘는 고산 준봉을 오르내려야 한다는 것…. 정보가 하나둘 모이자 꽉 막혀 시야를 가리고 있던 구름이 조금씩 걷히는 것 같았다.

이어 장비 준비에 들어갔다. 가장 먼저 배낭. 학창 시절에 야영할 때 쓰던 르까프 50리터 배낭이 생각났다. 배낭은 패스. 침낭은 아쉬운 대로 대학교 3학년 겨울방학 때 인도 배낭여행 중 썼던 녀석이 있었다. 침낭도 패스. 산에서 꼭 캠핑용 식기를 써야 할까? 부엌에서 스테인리스 냄비와 밥그릇과 수저를 들고 나왔다. 이렇게 저렇게 챙겨서 늘어놓고 보니 제법 산에 가는 냄새가 났다. 그런데 너무 무겁다. 아직 먹을 것은 챙기지도 않았는데. 3분 카레, 햇반, 스팸…, 그런데 이거 어떻게 해 먹지? 휴대용 버너도 없다.

아웃도어 인터넷 쇼핑몰에 들어가 휴대용 버너를 검색하던 중에 가격 대비 추천 장비 게시글을 보러 오랜만에 다시 '일촌 산악회-7585 정상에 선 사람들'에 들어갔다. 그런데 이틀 전에 쪽지 하나가 와 있었다.

"저기, 한 자리가 갑자기 비어서요. 혹시 함께 하시겠어요?"

과연 하늘은 스스로 돕는 자를 돕는다. "물론이죠! 아직 갈 수 있을까요?" 바로 답장이 왔다.

"내일 저녁 10시 용산역으로 오세요. 침낭하고 매트리스 반드시 챙겨 오시고요. 등산화는 당연히 신고 오겠죠? 공동 준비물로 참치 캔 여섯 개, 초코 바 열두 개 부탁드릴게요. 연락처는…"

이튿날 밤 11시, 무궁화호를 타고 용산역을 출발해 새벽 3시 구례구역에 도착했다. 듣던 대로 그 시각 구례구역에 내린 사람은 우리만이 아니었다. 형형색색 등산복을 위아래로 갖춰 입은 사람들이 삼삼오오 사라졌다. 우리도 서둘러 택시를 잡아탔다. 택시는 이슥한 2차선 국도를 달리더니 구절양장 아스팔트 길을 거슬러 올라갔다.

이번 지리산 일행은 나까지 남자 둘에 여자 둘. 나를 제외한 세 사람은 이미 서로 아는 사이인 듯했다. 바로 지난주에도 함께 산에 다녀온 분위기였다. 연신 산 이야기만 나눴다. 군살 없이 단단한 몸집과 갖춰 입은 옷매무새의 세 사람을 보니 그동안 여간 산에 다닌 게 아닌 듯싶었다.

열차 안에서는 다들 잠을 자느라 통성명도 제대로 하지 못했다. 택시에서 내려 이런저런 채비를 마치고서야 찬바람 속에 서서 간단하게 본인 소개를 했다. '7585 산악회'답게 규칙이라도 되는 듯 각자 출생연도를 먼저 밝히고 이름을 말했다. 그리고 지금 사는 곳을 알려줬다.

"저는 75년생 박○○이라고 하고요. 안산에 삽니다." "저는 78년생 남○○이고 사는 곳은 평택이에요." "저는 80년생 정○○입니다. 아차산 근처 오시면 연락 주세요." 마지막으로 85년생 막내인 내 차례다. "처음 뵙겠습니다. 신촌에 사는 장보영입니다. 잘 부탁드려요!"(그들을 박, 남, 정이라고 부르기로 한다.)

르까프 50리터 배낭에 일행에게서 건네받은 코펠 꾸러미와 라면 열 봉지, 부탄가스 두 개를 집어넣고 나니 새벽 4시, 나 또한 하얀 헤드램프 빛을 밟으며 걷기 시작했다.

그런데 출발한 지 얼마 지나지 않아 앞서가던 남이 돌아서서 나에게 말했다. 이번 여정은 화대종주가 아니라 성백종주라고. "성삼재에서 백무동까지를 말하는데 대부분의 사람들이 이렇게 지리산을 종주해." 남은 등산 초보인 나를 고려해 산행 들머리를 당초의 화엄사가 아닌 차가 오르내리는 성삼재로 변경했다고 했다. 화엄사 구간과 비교해 성삼재 구간이 4킬로미터나 더 짧고 백무동이 대원사보다 대중교통편이 더 좋다는 말도 덧붙였다.

뒤따르던 내 얼굴은 사색에서 화색이 됐다. 출발한 지 10분도 안 됐는데 벌써부터 종아리는 딱딱하게 굳고 추리닝은 땀으로 흥건해졌으니까. 좁은 등산로를 행군하듯 이어 오르던 사람들이 시야에서 사라진 새벽 5시, 우리는 첫 번째 목적지 노고단에 도착했다. 다행히 그날의 태양보다 우리가 먼저 노고단에 올랐다.

지금도 기억한다. 대피소 앞 급수대에서 물통을 가득 채우고 뒤돌아서던 그 순간을. 하얀 구름바다 건너 지평선으로부터 오늘의 해가 떠오르고 있었다. 작은 열 덩어리는 점점 커지더니 하얀 구름바다를 이내 홍해로 만들었다. 이토록 신비로운 풍경을, 이토록 환상적인 비경을, 이토록 아무 예고도 없이 갑자기 짠 하고 보여주다니. 나는 굳은 듯 그 자리에 멈춰 서서 한동안 말을 잇지 못했다. 나를 포함한 그곳의 모두가 그렇게 같은 곳을 바라보며 한참을 서 있었다.

일출의 진하고 아련한 감동을 안고 우리는 다시 산길을 올랐다. 연무는 자취를 감췄다. 태양은 중천에 떠 있다. 임걸령과 노루목을 지나 천왕봉을 향해 가열하던 발걸음을 멈추고 우리는 주로에서 벗어나 반야봉으로 향했다. 노고단, 천왕봉과 함께 지리산 3대 봉우리를 이루는 반야봉은 주능선에서 떨어져 외따로 솟아 있다. 대다수 종주꾼들은 반야봉을 지나치지만 우리는 곡진하게 반야봉까지 챙겼다.

삼도봉과 토끼봉을 꾸역꾸역 넘어 오후 4시쯤 연하천에 도착했다. 해는 아직 더 남아 있었지만 무리하지 않고 이곳에 여장을 풀기로 했다. 노고단에서 연하천까지는 약 11킬로미터, 천천히 걸어도 네다섯 시간이면 도착할 수 있는 거리다. 그런데 열 시간 가까이 걸렸다니.

지금 생각하면 얼마나 느리게 걸은 건지, 그 길 위에서 도대체 무슨 일이 일어난 건지 까마득하기만 하다. 제대로 된 등산은 난생처음인 까닭에 아무 기준이 없어서 그게 빠른 건지 느린 건지 어떤 건지 아무것도 몰랐으니 말이다. 그런 나에게 아무 내색도, 타박도, 재촉도 하지 않고 함께 걸어주고 웃어준 박, 남, 정에게 이제 와서지만 고맙다고 말하고 싶다.

이미 만원인 대피소 대신 그 앞 공터 한구석에

침낭 네 개를 나란히 깔고 파김치가 된 몸을 대 자로 던졌다. 저녁 메뉴는 참치김치찌개. 겨우 추스르고 일어나 밥그릇에 고개를 처박고 부지런히 주린 배를 채우고 있는데 정이 갑자기 램프를 끄더니 나직한 목소리로 속삭였다. "저기 하늘 좀 봐."

고개를 뒤로 젖히자 허공 속에서 하얀 별들이 수런거리듯 빼곡하게 깜빡였다. 이토록 많은 별은 도대체 얼마만인지. 온 힘을 다해 반짝이고 있는 별들도 아름다웠지만 그보다 더 눈부셨던 건 짙은 밤하늘이었다. 이토록 칠흑같이 까만 밤하늘은 또 도대체 얼마만인지.

깜깜한 산속에서 할 수 있는 일은 많지 않았다. 전하고 싶은 말도 많고 보여주고 싶은 것도 많았지만 전파가 터지지 않으니 핸드폰은 무용지물. 저녁 8시도 되지 않았는데 약속이라도 한 것처럼 그 자리의 모두가 취침에 들어갔다. 나 또한 꾸물거리며 침낭 속으로 기어 들어갔다. 계획에도 없었던 생애 첫 비박이었다.*

---

  * 2013년 1월 1일부터 지리산을 비롯한 전국 국립공원은 등산객의 안전을 지키고 생태계를 보전하기 위해 '입산 시간 지정제'를 도입했다. 사전에 예약한 사람에 한해 대피소 숙박만이 가능해져 이제 비박은 불가하다.

종주 이튿날은 더 부지런히 걸어야 했다. 몇 끼를 해결한 뒤에 짐이 한결 가벼워진 것이 그나마 다행이었다. 등 뒤로 겹겹이 포개진 산줄기를 바라보니 우리가 얼마나 깊고 깊은 산중에 들어와 있는지 실감이 났다. 이제는 쉽게 되돌아갈 수도 없는 지점이라 오직 앞만 보며 나아갈 뿐. 탁 트인 능선과 어두운 안부(鞍部), 거친 비탈과 시원한 나무 그늘을 벌써 몇 겹이나 지나쳤다.

박과 남이 선두에, 정과 내가 후미에 섰지만 간격은 얼마 유지되지 못했다. 저마다 체력이 다르고 속도가 다르고 감상 포인트가 다르기에 무리는 자주 모였다가 흩어졌다. 정과 나는 쉽게 지쳤고 이내 처졌다.

그리고 그사이 해가 저물었다. 종주 둘째 날 목적지였던 장터목까지는 3킬로미터가 더 남았지만 우리는 세석에 여장을 풀었다. 다음 날 새벽 5시까지는 천왕봉에 올라야만 한다고 했다. '1시에 기상하자'고 각자 알람을 맞춘 뒤 이른 취침에 들었다. 광활한 헬기장 위로 밤새 광풍이 불었지만 단 한 번 깨지 않았다.

그러다 눈을 떴을 때는 3시, 누가 업어 가도 모르게 잠에 빠진 건 일행 모두가 마찬가지였다. 늦었지만 가보는 데까지 가보기로 했다. 역시 계획에도 없었던 야간 산행으로 종주 셋째 날을 시작했다. 셋째 날이자 마지막 날, 정상에 오르는 날, 천왕봉 일출을 보는 날 그리고 집으로 돌아가는 날. 네 개의 헤드램프는 천왕봉을 향해 움직였다.

'일출을 보겠다'는 네 개의 일념은 흔들림 없이 단단했다. 규칙적인 숨소리와 발소리만이 고요한 산길을 메웠다. 천왕봉 정상에 멋지게 서서 저 멀리서 솟아오르는 그날의 태양과 조우하는 드라마틱한 장면을 상상하며 발길도 재촉하고 노래도 부르고 잠도 떨치며 부단히 밤을 뚫었다.

그러나 서서히 대지를 밝히는 빛을 막을 방법은 없었다. 고대했던 천왕봉 일출은 결국 실패했다. 3대가 덕을 쌓아도 볼까 말까 한 천왕봉 일출이라는데, 우리는 늦잠을 잤고 지각을 했다. 천하의 지리산이 첫술에 그리 호락호락할 리가.

그런데 왜 그런지 아쉽지 않았다. 다시 오면 되니까. 다음이 있으니까. 그때는 지금보다 더 씩씩해져 있겠지. 아침 햇살을 받으며 천왕봉으로 향하는 걸음은 그래서 오히려 가벼웠다. 눈앞으로 펼쳐진 한 줄기 산길을 오르고 올랐다. 그러다 힘들 때는 뒤돌아봤다. 사흘 동안 우리가 걸어온 능선이 우리 뒤를 쫓아오고 있었다. 그렇게 마지막 관문 통천문을 지나 이윽고 천왕봉 정상에 섰을 때는 오전 8시.

'한국인의 기상이 여기서 발원되다.'

해발 1915미터 지리산 정상석 앞에 나란히 서서 산악회 깃발을 펄럭이며 기념사진을 찍었다.

이제 내려갈 길이 남았다. 천왕봉에서 다시 장터목을 거쳐 백무동까지 가는 길은 장장 7킬로미터. 정상에 올랐다는 데서 긴장이 풀린 탓인지 고관절이며 허벅지며 첫날부터 근육통으로 욱신대던 곳들이 그제야 비로소 비명을 지르기 시작했다. 절반쯤 내려와서는 무릎까지 말썽을 부려 끝내 양 다리에 손수건을 동여매고 옆으로 걷고 뒤로 걸어 겨우겨우 하산했다.

"모두 수고 많았어. 덕분에 이번 지리산도 아주 좋았다. 다 같이 건배!"

박의 멘트와 함께 시원한 막걸리를 꿀꺽꿀꺽 들이켜며 우리는 2박 3일 지리산 성백종주 무사 완주를 자축했다. 술잔을 연신 부딪치며 왁자한 웃음을 나눴다. 산에서는 미처 전하지 못했던 서운함과 속상함도 울며불며 토로했다. 그렇게 기분 좋게 취한 채 우리는 서울로 돌아가는 막차의 맨 뒷좌석에 일렬로 몸을 실었다. 그리고 출발과 동시에 곯아떨어졌다.

　　흔들리는 버스 안에서 나는 헤드램프를 켜고
배낭 속에서 일기장을 꺼냈다.

　　'스물다섯, 나는 처음으로 지리산을 종주했다.'

히말라야, 강해지고 싶어서

그날을 기억하고 싶었다. 사진 한 장을 인화해 책상 앞에 붙였다. 지리산 화장봉에서 바라본 연하선경 풍경이었다. 하늘에 닿을 듯 이어지는 푸른 능선에 시선이 멈출 때마다 지난 종주의 추억과 함께 뜨거 웠던 여름을 회상했다.

지리산을 종주했다고 해서 달라진 건 없었다. 일상은 여전했다. 너무 여전해서 가끔은 정말 지리 산에 다녀왔는지 긴가민가했다. 그때의 기개와는 별 개로 어김없이 깨지고 버티는 날들이 이어졌다.

다만 한 가지 달라진 건 있었다. 지리산에 오 른 후로 나는 주말이면 전국의 산에 다니기 시작했 다. 일하면서 소모된 에너지가 산에 가면 충전이 됐 다. 그건 책과 원고 뭉치가 든 크고 무거운 가방을 메고 만성피로와 함께 오르내리는 2200번 광역버스 안에서는 얻을 수 없는, 생기 없는 표정과 굽은 어깨 로 오직 컴퓨터 모니터를 들여다보며 씨름하는 따분 한 사무실에서는 누릴 수 없는, 칸막이 너머의 동료 들 사이로 흐르는 무심함과는 다른, 새로운 활력이 었다.

그런 이유로 틈만 나면 산악회 게시판에 올라 오는 산행 후기와 사진을 확인하며 대리만족했고 주 말이면 기다렸다는 듯 배낭을 꾸렸다. 내장산, 주왕

산, 월악산, 계룡산, 계방산, 오대산…. 이름만 대면 알 명산들을 시작으로 크고 작은 무명봉과 야산을 찾아다녔다. 함께 산에 가는 산악회 사람들도 더할 나위 없이 좋았다. 사는 곳도 하는 일도 전혀 다른 사람들임에도 산이라는 공통분모 하나로 우리는 곧 서로에게 마음을 열었다.

산은 다른 산을 기대하게 했다. 모퉁이를 돌면, 정상에 서면, 다른 산이 보였다. '저 산은 어디일까? 저 산의 이름은 뭘까? 저 산에 가고 싶어….' 파노라마로 펼쳐지는 산들을 보면 가슴이 벅찼다. 그건 지금 이 순간 목표에 도달했다는 기쁨과는 또 다른 기쁨이었다. 다음이 있다는 기쁨, 다른 산이 있다는 기쁨, 산이 있는 한 언제든 오를 수 있다는 기쁨. 문득 지금 내가 서 있는 이곳이 작은 점처럼 느껴졌다. 이 점을 계속해서 연결하고 싶었다. 더 많은 산에 오르고 싶었다. 더 높은 곳에 서고 싶었다.

그즈음 히말라야가 다가왔다. 산을 좋아하는 사람이라면 누구든 한 번은 가보고 싶어 하는 바로 그 히말라야. 그곳에 짧게는 일주일, 길게는 한두 달도 넘게 걸을 수 있는 긴 길이 있다는 것을 알게 됐다. 만년설이 쌓인 영험한 산들, 그 산 사이로 어딘가를 향해 걸어가는 사람들 모습을 보고 있으면 가습 깊은 곳에서부터 뜨거운 기운이 꿈틀거렸다. 강인하고 단단하고 자유로워 보이는 사람들에게서는 내가 오랜 시간 가지고 싶어 한 무언가가 느껴졌다.

히말라야에 갈 수 있을까. 해가 뜰 때부터 달이 뜰 때까지, 산속에서 거친 숨을 내뱉고 땀을 흘리며 머리도 몸도 마음도 영혼도 점점 가벼워지고 선명해지는 느낌을 가져볼 수 있을까. 무엇도 의식하지 않은 채 그렇게 오직 산과 그 순간의 나에게만 집중하는 기쁨을 가져볼 수 있을까. '원정'이라든지 '등정'이라든지 '트레킹' 같은 단어는 듣기만 해도 심장이 뛰었다.

급기야 어느 날부터는 출근과 동시에 컴퓨터 모니터에 한글 창과 네히트(네이버 '네팔 히말라야 트레킹' 카페) 사이트를 띄워놓고 일을 했다. 일하다가 히말라야 사진 한 번, 일하다가 히말라야 영상 한 번, 그렇게 그림으로나마 내 안에 차곡차곡 담아두다 보면 어느 순간 거대한 히말라야가 내 손에 잡힐 것만 같았다.

그러던 어느 날 편집장이 나를 불러 물었다. 요즘 무슨 일 있냐고, 힘드냐고, 괜찮냐고. 숨겨온 무언가라도 들킨 듯 아무 말도 떠오르지가 않았다. 한참을 아무 말도 못했다. 그러다 회의실 책상 위로 굵은 눈물을 뚝뚝 떨어뜨렸다. 도대체 무엇이 잘못된 걸까. 나는 어디서부터 잘못된 걸까. 그저 어느 순간부터 매일같이 반복되는 일이 지루하다고 느껴졌을 뿐이다. 하루하루 변함없는 일상이 두렵다고 여겨졌을 뿐이다. 그래서 이렇게는 안 된다고 생각했다. 새로워지고 싶었다. 그러다 우연히 지리산에 올랐을 뿐이다. 그러다 히말라야에 가고 싶어졌을 뿐이다.

그날 저녁 퇴근길 위로 문득 겹쳐지는 시간들이 있었다. 각 분야 최고로 꼽히는 저자들 앞에서 긴장해야 했던 시간, 답이 정해져 있는 질문 앞에서 나의 목소리를 숨겨야 했던 시간, 기획이라는 이름으로 세상이 소비할 만한 이야기들을 찾아 헤맸던 시간, 그렇게 찾아낸 이야기를 그럴듯하게 포장하고 광고해야 했던 시간…. 그런 시간들 속에서 나는 피로했고 외로웠다. 괜찮다고 생각했는데 괜찮냐는 말에 나는 무너졌다.

30년 역사와 전통을 자랑하는 중견 출판사는 그 어떤 모험도 실수도 허락하지 않았다. 원로 문인들이 쓴 장편소설을 증쇄하며 현상 유지에 만족할 뿐이었다. 그렇게 그곳에서 내 삶도 굳어갔다. 매달 말이면 한 달을 일한 대가로 월급이 들어왔고, 저녁 6시 30분이면 퇴근해서 이런저런 강의도 들었다. 또 주말이면 어김없이 산에도 올랐다. 그러나 이 모든 건 출근길에 마시는 아메리카노 같은 거였다. 잠시는 잊을 수 있고 벗어날 수 있지만 그저 그때뿐인 것들. 나는 더 이상 아무 일도 일어날 것 같지 않은 앞으로의 내 삶이 두려웠다.

한 달 뒤 나는 회사를 나왔다. 한 번도 멈춘 적 없이 달려온 삶이었다. 대학 시절에는 휴학 한 번 하지 않았고, 졸업과 동시에 대학원에 입학했고, 또 졸업과 동시에 취직을 했다. 그렇게 정해진 모범 노선에서 단 한 번 이탈하지 않고 정직하게 살아왔다.

그런 내가 태어나 처음으로 마음의 소리를 따르기로 했다. 크고 높은 산에 가고 싶다는, 언제나 내 마음 가득 차올라 있던 그 소리를. 나는 생각했다. 산은 눈으로, 추억으로, 상상으로 오르는 것이 아니라 지금 이 순간 심장으로, 가슴으로, 두 다리로 올라야 한다고.

이튿날, 네팔 카트만두로 가는 비행기 티켓을 끊었다. 일주일 뒤에 떠나는 일정이었다. 준비도 계획도 오래전부터 되어 있었다. 공과금이 다달이 빠져나갈 수 있도록 카드에 여윳돈을 채워뒀다. 집주인에게 사정을 전해 두 달 치 월세를 미리 입금했다. 그동안 돌보지 못한 집 안 구석구석을 정리했다. 마음을 다잡으며 매일 일기를 썼다. 미용실에 들러 그동안 기른 머리도 짧게 잘랐다. 그리고 가깝게 지내는 친구들에게 나의 근황을 알렸다. '네팔에 간다'는 그 말을 입 밖으로 꺼낼 때 얼마나 두근대던지. 얼마나 세상에 하고 싶었던 말이었는지.

그러나 유독 그 말이 나오지 않는 사람들이 있었다. 아빠와 엄마. 내가 하고 싶은 것을 하려고 회사를 그만뒀다고, 네팔에 간다고, 네팔에 가서 혼자 오랫동안 히말라야를 걸을 거라고, 차마 말할 수가 없었다. 출국 전날 집으로 찾아갔지만 그저 고개를 푹 숙인 채 엄마가 차려준 밥을 삼켰다. 서울로 돌아오는 버스 안에서, 아무것도 모른 채 나를 향해 손을 흔드는 아빠와 엄마를 창문으로 바라보면서 그저 다짐했다. 잠깐일 테니 잘 다녀오겠다고.

스물일곱, 서른은 아직 아니었지만 청춘의 달뜬 호기로부터는 한 걸음 멀어진 시간에 나는 또 다짐했다. 행복하자고. 어제의 내가 아닌 지금의 나의 마음을 알았으니, 더는 모른 척하지 말자고. 하루라도 일찍 내가 정말 원하는 것을 하면서 살아가자고.

2011년 4월 12일, 공항철도를 타러 가는 길에 가로지른 신촌 명물거리에는 몽울진 벚꽃이 봄을 끌어안고 있었다. 곧 봄이 오겠구나. 봄의 축제가 시작되겠구나. 저릿한 가슴을 쓸어내리며 회색의 여명을 딛고 나는 히말라야로 건너갔다.

물 축제가 열리는 방콕에서 여행자들과 섞여 떠들썩한 사흘을 보내고 네팔 카트만두로 이동해 다시 열 시간 동안 버스를 타고 포카라에 도착했다. 그리고 염원했던 대장정에 나섰다. 해발 8091미터 안나푸르나를 가운데 두고 시계 반대 방향으로 돌아 안나푸르나 베이스캠프에 들러 다시 포카라까지 걸어 내려오는 여정이었다. 트레킹 관문인 베시사하르로 향하는 버스 창문으로 히말라야 연봉이 들어왔다. 하루에도 수십 번 나의 일상을 정지시켰던 바로 그 풍경이었다.

잔뜩 웅크려 있던 몸과 마음을 한껏 펴고 나는 시린 에메랄드빛 마르샹디강을 따라 첫발을 뗐다. 사륜구동 지프가 먼지를 날리며 달리고 있었지만 그곳의 모두가 아랑곳하지 않고 전진했다. 함께 걸어가는 사람 대부분이 나처럼 제 몫의 짐을 짊어지고 제 몫의 길을 홀로 걷는 여행자들이었다. "Have a good trail!" 따로 또 같이, 서로가 적당한 간격을 두고서 적당한 속도로 자기만의 길을 걸었다.

침낭, 방풍재킷, 장갑, 선글라스, 크램폰, 모자, 무릎 보호대, 물통, 빨랫줄, 두통약, 소화제…. 하나씩 챙길 때는 무거울 게 없었는데 이상하게 배낭을 메면 천근만근. 얼마 걷지도 않았는데 어깨가 끊어질 듯 아파서 걷고 서기를 반복하니 함께 출발한 이들은 보이지 않을 만큼 멀어졌다.

허말라야를 걷는 그 길에서 많은 사람과 스치고 헤어졌다. 뉴질랜드의 병원에서 일하며 사랑을 키우다가 함께 사직서를 내고 트레킹 길에 오른 간호사 부부 롯과 이사벨, 두 달 뒤 결혼을 앞두고 안나푸르나에 왔다는 프랑스의 파니, 메콩강을 따라 여섯 나라 땅을 걸었고 인도를 거쳐 허말라야로 거슬러 올라온 일본인 친구 슌, 손수 실로 짠 장신구를 팔아 타향에서 생계를 이으며 살아가던 스물셋 티벳 여성 소남, 관광객들의 짐을 들어주는 포터로 업을 시작해 현지 여성 산악 가이드로 성장한 마야.

내 의지를 따라 내가 원하는 길을 선택했다는 자신감, 어쩌면 산을 핑계로 일상으로부터 도망쳤다는 자괴감, 이 두 가지 극을 달리는 감정을 오고 가며 괴로울 때마다 나를 일으켜준 건 자기 자신과 삶을 사랑하는 사람들이었다. 어쩌면 나처럼 무언가를 포기하고 왔을지도 모를 사람들, 하지만 지금 이 순간 느리고 더뎌도 정확하고 분명한 보폭으로 자기만의 길을 걸어가는 사람들을 만나면서 그동안 무너졌

던 나의 자존도, 새로운 삶을 향한 의욕도 다시 차오
르는 듯했다.

아빠 엄마가 떠올랐다. 생각해보면 모든 것이
처음이었다. 퇴사도, 긴 여행도, 네팔이라는 춥고 가
난하고 불편한 나라도. 이 모든 걸 설득시킬 자신이
나에게는 없었다. 그래서 결국 아무 말도 꺼내지 못
했고, 미루고 미루다 출국하던 날 문자 메시지로 겨
우 나의 여행을 알렸다. 잠시 네팔에 다녀오겠다고,
너무 가고 싶었다고, 나에게는 이 시간이 필요하다
고, 금방 돌아올 테니 걱정하지 말라고. 미안한 마음
과 그리운 마음이 가슴 속에서 마구 뒤엉켰다.

며칠째 세상과 그 어떤 통신도 할 수 없는 곳에
서, 스치듯 만나고 헤어지는 사람들 속에서, 그들과
함께인 것 같아도 결국에는 혼자라는 생각이 드는
산중에서 걷고 먹고 잠자는 생활을 반복했다. 처음
카트만두에 도착했을 때 느꼈던 두려움, 포카라의
페와 호수에 앉아 저 멀리 안나푸르나 연봉을 바라
보며 느꼈던 두근거림, 로지(lodge)의 칠흑 같은 어
둠 속을 뒤척이며 느꼈던 외로움…, 여러 날 동안 포
개진 온갖 감정이 나를 스쳐 지나갔다.

히말라야를 처음 품었을 때부터 왠지 모르게
미어왔던 가슴, 출국 전부터 이유 모르게 울먹였던

마음은 해발 5416미터 토롱 라를 넘는 순간 터져버렸다. 오래도록 염원한 설산에서, 간절하게 인내한 정상에서 나는 끝내 목 놓아 울었다. 이곳에 서면 세상을 다 가진 모습으로 어느 때보다 당당하고 씩씩할 줄 알았는데 그러지 못했다. 어느 때보다 호방한 모습으로 정상을 넘을 줄 알았는데 그러지 못했다. 춥고 가난하고 불편한 나라 네팔에서 나 또한 춥고 가난하고 아팠다. 멀고 크고 웅장한 산의 품에서 내 모습은 너무 작고 볼품없고 초라했다.

안나푸르나를 걷는 동안 나는 날마다 나에게 말했다. '나는 지금 꿈을 이뤄가고 있다.' 낯선 이국에서, 세계의 지붕 아래에서, 태어나 처음으로 나는 그 꿈같은 말을 스스로에게 들려주고 있었다. 사방이 산으로 둘러싸인 마을에서 태어나 자라온 내가 배운 건 충분함이었다. 어렸을 때부터 들어왔던 '그거면 됐어'라는 말은 최고가 되라고 강요하는 이 세상에서 나에게 더없는 위로가 됐다. 그런데 그런 나에게 안나푸르나는 날마다 '가슴 뛰는 꿈을 꾸라'고 말하는 것만 같았다.

눈부신 태양 아래 살을 에는 칼바람을 뚫으면서, 온몸에 엄습한 미열을 견디면서, 나는 내가 지금 이 순간 왜 이 길을 걷고 있는지 생각했다. 나는 무엇을 바라며 홀로 이 춥고 멀고 높고 아득한 히말라야의 산속을 걷고 있는지. 생각은 거슬러 2년 전 처음 올랐던 지리산에 가닿았다. 산에서, 산이 부른 또다른 산에서, 나는 강해지고 싶었다.

성덕의 날들

방에 누워 천장을 바라보면 설산에서 보낸 6개월이 아득하게만 여겨졌다. 내가 정말 그 산에 갔던 걸까. 때 탄 배낭과 카메라 속 사진 수천 장과 까맣게 변한 내 손과 발이 꿈이 아님을 증명하고 있었지만 모든 것이 그대로인 방 안에 있으면 지난 시간이 거짓말처럼 느껴졌다. 떠나올 때처럼 가로지른 신촌의 명물거리도 여전했다. 여전히 사람들로 북적였고 그사이 새로 생긴 듯한 가게들이 보였다.

기상이변 탓에 한국에 와서도 나의 여름은 계속됐다. 난데없이 비바람이 불며 하루 종일 소나기가 내렸다. 비가 내리는 날이면 아무도 없는 뒷산에 올랐다. 몬순의 히말라야를 걷는 동안에도 오후가 되면 이렇게 어김없이 비가 내렸다. 그 상황에서 선택할 수 있는 건 두 가지였다. 피하거나 즐기거나. 오직 그 순간에만 느낄 수 있는 신비로움과 자유로움이 비 내리는 산을 기다리게 했다.

반년의 여행은 나에게 노트 두 권과 사진 4천 장을 남겼다. 놓치고 싶지 않은 천상의 비경을 카메라 셔터로 잘라 마음에 담고, 밤이면 헤드램프 빛 아래에서 하루의 일들을 일기장에 적으며 나는 내가 지금보다 어렸을 때 꾸었던 꿈에 대해 생각했다. 사방을 둘러싼 산을 넘어 내가 사는 세상의 너머를 향하던 시절의 꿈, 부지런히 글을 쓰고 책을 만들며 지금 이곳이 아닌 저곳을 상상했던 시절의 꿈, 밤이면 히말라야의 허름한 로지에서 꾸었던 꿈.

다시 돌아온 한국에서 나는 계속해서 산과 함께하고 싶었다. 두 다리로 땀 흘려 오른 산을 생생하게 기록하고 표현하는 사람으로 살고 싶었다. 여행지에서 만난, 주어진 삶에 감사하며 자신의 일을 사랑하는 사람들을 하나씩 떠올리고 나면 그 바람은 더욱 간절해졌다.

그렇게 내 마음을 알아가던 12월 어느 날, 신촌 홍익문고에서 우연히 크고 두꺼운 잡지 한 권을 발견했다. 표지에는 어느 등반가가 거대한 설벽을 거침없이 오르고 있었다. 내가 아는 곳이었다. 바로 그 히말라야였다.

한 시간 넘도록 자세 한 번 바꾸지 않고 잡지를 정독하면서 두 가지 생각이 들었다. 우리나라에도 이렇게 멋진 산과 멋진 사람들이 이렇게 많구나. 그리고 이렇게 멋진 잡지가 있구나. 그렇게 월간 「사람과 산」을 만났다.

잡지를 사 들고 집으로 돌아와 서랍 속 일기장을 꺼냈다. 그리고 노트북 한글 창을 열어 그중 일부를 옮겼다. '안나푸르나 다이어리.' 언젠가 그때의 기록을 세상에 공유할 기회가 생기면 꼭 쓰고 싶었던 제목이었다. 상, 중, 하 세 파트로 나눠 원고를 준비한 뒤 잡지 판권면에 적힌 편집부 연락처로 이메일을 쓰기 시작했다.

"네팔 안나푸르나와 랑탕 히말라야, 인도 가르왈 히말라야를 트레킹하고 왔습니다. 이때의 이야기를 산을 사랑하는 사람들과 나누고 싶습니다."

호흡을 한 차례 크게 들이마신 뒤 메일을 보냈다. 메일을 보내고 나서도 내용에 잘못된 부분은 없는지 거듭 읽고, 수시로 수신 확인을 하고 답장을 기다렸다. 긴장도 됐지만 이상하게 흐뭇했다.

일주일 정도가 지나 「사람과 산」 편집부로부터 만나자는 연락이 왔다. 한껏 기대에 들떠 찾아간 사무실에서 편집장은 산악 잡지의 생태에 대해 간단히 들려줬다. 그리고 두 가지 이야기를 꺼냈다.

사실 히말라야 트레킹은 워낙 유명해서 그동안 다른 산악 잡지에도 여러 차례 소개가 됐다고 했다. 하지만 그 시절에 할 수 있는 나만의 고민과 생각이 좋았으니 앞으로도 산에 관한 이야기를 계속 써보면 좋겠다고 했다.

더불어 편집장은 뜻밖의 제안을 했다. 편집부 공채 소식이었다. 마침 막내 기자가 퇴사하게 되어

후임을 뽑으려던 차에 내 기고가 들어왔다고 했다. "지원할 의사가 있다면 이번에 낸 원고는 포트폴리오로 참조할게요." 짐작하지도 못한 제안에 어안이 벙벙했다. 그리고 기뻤다. 그토록 바란 삶이 막 문을 열려 하고 있었으니까. 고민할 여지도 없었다. 곧바로 정식 입사 원서를 냈고 면접 끝에 2012년 1월 1일 나는 월간 「사람과 산」 기자가 됐다.

입사 후 수습 기간이 3개월 있었다. 이때는 업무에 본격적으로 뛰어들기 전에 산에 관한 상식을 배웠다. 그중 하나가 독도법(讀圖法)이었다. 산에서 지도를 읽지 못한다는 건 현재 내가 선 위치를 파악하지 못한다는 것이다. 만에 하나 산에서 길을 잃었는데, 가진 건 지도밖에 없는 상황에서 지도를 읽지 못한다면?

고등학교 때 공부하던 지리부도를 끼고 지도 읽는 훈련을 했다. 이때 배운 것이 여암 신경준의 '산자분수령(山自分水嶺)'이었다. '산은 물을 가르고 물은 산을 넘지 못한다.' 이는 곧 산이 한 줄기로 끊임없이 연결되어 있다는 말이었다. 지리산, 덕유산, 소백산, 오대산, 설악산, 태백산…. 수년 전 싸이월드 클럽 '정상에 선 사람들'과 함께 오른 산들이 지도 위 호랑이 등줄기에 한 줄로 매끈히 이어졌다.

매일매일 수많은 산에 압도되었다. 산악회 사람들과 산에 다닐 때도 매주 공지되는 산행 소식에 '이런 산도 있었어?' '저런 산도 있었어?' 하고 처음 보고 듣는 산 앞에서 놀랐는데 그건 일부에 지나지 않았다.

한번은 산림청이 지정한 100대 명산 중 내가 가본 산을 꼽아봤다. 좌절했다. 내가 여태껏 가본 산은 스무 군데도 되지 않았다. 그동안 꽤 많은 산을 다녔다고 자부했는데 나의 등산 이력이라는 것이 새삼 별 볼 일 없는 것처럼 느껴졌다. 부끄러웠다. 처음부터 제대로 시작하고 싶었다.

다시 시작하고 싶다는 마음을 품게 한 사건은 이뿐만이 아니었다. 산악 잡지사에 입사하는 순간부터 내 인간관계는 자연스럽게 두 부류로 나뉘었다. 산에 다니는 사람과 산에 다니지 않는 사람. 그리고 산에 다니는 사람은 다시 두 부류로 나뉘었다. 산악부 출신과 그렇지 않은 사람. 산악부 출신 또한 다시 두 부류로 나뉘었다. 고교 산악부 출신과 대학 산악부 출신. 번외로 산에 사는 사람도 종종 있었는데 그들은 유명 TV 프로그램에 야인이나 기인쯤으로 소개되는 것으로 유명세를 타면서 나름 출신과 소속을 얻기도 했다.

산 동네에서 산악부 출신인지 아닌지, 어느 산악회 출신인지 묻는 질문은 사회에서 어느 대학을 나왔는지 묻는 것과 비슷했다. 그러니까 산악부 명문으로 통하며 전통과 성취를 자랑하는 동국대, 한국외대, 경희대, 연세대 의과대, 서울대 문리대 산악부가 이 세계의 SKY쯤 된다고나 할까(나는 앞에서 말했듯 '일촌 산악회-정상에 선 사람들', 싸이월드 클럽 출신이다.) '인터넷 산악회'를 통해 처음 산에 입문했다고 대답했을 때 돌아온 싸늘한 반응, 거기에 여자여서 받게 되는 편견이 더해지면서 직감했다. 어쩌면 이 생활이 내가 생각한 것보다 훨씬 더 고단하고 고달플 수도 있겠다고.

세상에 수많은 산이 있는 것처럼 산으로 향하는 사람들의 모습과 배경과 목적과 이유도 저마다 다르다. 어린 나이에 산을 만난 사람이 있으면 늦은 나이에 산을 만난 사람도 있을 것이고, 누군가가 산에서 인생의 전성기를 맞았다면 누군가는 자신의 인생에서 더 이상 물러날 곳이 없게 됐을 때 산으로 향했을지도 모른다. 정해진 답안지를 가지고 있지 않았던 나는 차츰 산을 향한 세상의 모든 대답과 만나고 싶어졌다. 산을 배우고 싶었다.

2012년 여름, 나는 그렇게 등산학교를 찾아갔

다. 1974년 설립된 한국등산학교는 유수의 전문 산악인을 포함해 만 명이 넘는 동문을 배출했다. 나는 산을 향한 마음이 닮은 예닐곱 명과 한 조를 이뤄 주말마다 대피소를 베이스캠프 삼아 함께 잠들고 밥을 지어 먹고 등산 이론을 공부하고 산 노래를 부르고 다음 날 동틀 무렵 기상해 새벽 구보를 했다.

난생처음 암벽 등반도 배웠다. 머리에는 헬멧을 쓰고 허리에는 자일을 연결해 오직 손끝 발끝의 힘으로 온몸을 끌어 까끌까끌한 수직의 바위를 올랐다. 암벽 등반은 자기 자신을 믿는 체험이면서 확보줄로 나를 붙잡아주는 타인을 믿는 체험이기도 했다. 또 나를 아래로 잡아끄는 중력을 거슬러 위로 오르는, 이 세계의 차원이 확장되는 경험이기도 했다. 산을 두 발로 걸어서 오르내릴 때와 두 손 두 발로 기어서 오르내릴 때의 감각과 기분은 전혀 다른 것이었다.

'산을 배우자'는 구호 아래 열아홉 살 청소년부터 일흔을 앞둔 노장까지, 사는 곳도 하는 일도 다른 사람들이 같은 모자에 같은 옷을 갖추고 여섯 번의 주말을 함께 보내고 나니 전우애 비슷한 것이 생겼다. 졸업 등반으로 북한산 만장봉과 인수봉을 마지막으로 올랐다. 졸업식을 하던 날에는 서운하고 허전한 마음에 '어디서도 이 마음 변치 말자', '우리의 산은 지금부터 시작'이라며 밤새 함께 술잔을 기울였다.

여름 정규반과 가을 암벽반을 졸업하고는 겨울 동계반에도 입교해 열흘 정도를 설악산에서 보냈다. 크램폰을 연결한 빙벽화를 신고 양손에는 빙벽을 찍으며 나아갈 아이스바일과 피켈을 들고서 설악산의 얼어붙은 폭포와 눈 쌓인 능선을 오르내렸다. 내설악과 외설악의 격렬한 추위에 두 볼과 두 귀는 터질 듯이 아렸다. 고통만큼이나 살아 있다는 쾌감도 컸다. 긴장의 고삐를 놓지 않고 두 손 두 발로 산을 오르고 또 오르면, 거짓말처럼 아찔한 정상 위에 서 있었다.

세 계절 동안 등산학교에 다니면서 나는 산에 대한 대단한 지식보다는 산을 향한 열정과 순수를 배웠다. 어른이 되고 나서 무언가에 이렇게 깊이 빠져본 적이 없었다. 두 발로 걸어 올라갈 수 없는 산 앞에서 우리는 인생의 그 어느 때보다 냉정했고 또 뜨거웠다.

그 온도가 좋았다. 산에는 벌이와 이익에 상관없이 오직 산에 자신의 소중한 것을 내건 사람들이 있었다. 그들 중 누군가는 산에 가기 위해 돈을 벌고 일을 했다. 먹고사는 일에도 최선을 다했지만 산에 가는 일 앞에서만큼은 무엇도 양보하지 않았다. 삶의 우선순위를 산에 둔 우리에게 다른 욕망은 크지 않았다.

몇 계절에 걸쳐 도봉산과 설악산을 오르내린 동안 산악 잡지 일도 익숙해졌다. 매달 주제를 정해 르포 산행을 다녀오고, 화제의 인물을 인터뷰하고, 산악계 소식을 정리했다. 그러고 나면 금세 한 달이 지나갔다. 나는 이 삶의 루틴을 사랑했다. 전국 구석구석의 산을 세상에 소개하는 일이 즐거웠다. 누가 시키지 않아도 철야를 했다. 새벽 찜질방에서 눈을 붙이는 일도 대수롭지 않았다. 그러고 다음 날 아침 9시면 사무실 책상 앞에 앉았다.

'성덕'의 나날이었다. 대한민국 산꾼들이 동경해 마지않는 양대 산, 지리산과 설악산을 수시로 올랐다. 평일 한낮의 국립공원도 무시로 올랐다. 그리고 세계의 산 어딘가에서 묵묵히 자기만의 도전을 하는 진귀한 사람들을 만났다. 누군가는 세계 7대륙 최고봉을 올랐고, 누군가는 남극과 북극과 에베레스트, 3극지를 밟았다. 산소통 없이 히말라야 8천 미터 14개봉을 오른 사람도 있었고, 천 미터 직벽을 아무 안전장비 없이 오르겠다는 사람도 있었다.

또 다른 방향에서 울림과 감동을 주는 사람들
도 있었다. 꾸준하게 일상의 낮은 산을 오르는 사람
들. 전국 곳곳에서 매일같이 자기만의 산을 오르는
사람들을 만나 때로는 취재하고 때로는 함께 같은
산을 올랐다. 그들 중에는 병마와 싸우며 힘겹게 인
생의 산을 오르는 이들도 있었다. 그런 이들을 만날
때면 그들이 반드시 그 산의 정상에 서기를, 무사히
정상에 서서 승리의 깃발을 휘두를 수 있기를 진심
으로 기도했다.

정말 말 그대로 '사람과 산'의 나날이었다. 수
많은 사람과 산, 그로부터 다시 연결되는 또 다른 사
람과 산의 이야기에 나는 한없이 매료되었다. 그 이
야기는 꽉 막힌 이 세상에 작은 균열을 내는 것처럼
보였다.

애쓰지 않으면 일어날 수 없는 일들이, 삶의 어
느 부분과, 일상의 어느 시간과, 인생의 어느 구간을
내려놓지 않고서는 쉽게 이루어질 수 없는 일들이
산에서는 쉬지 않고 일어나고 있었다. 그리고 내 마
음이 끌리는 일들은 그런 일들이었다. 그건 세상 속
에서 귀를 기울이지 않으면 들리지 않는 이야기들이
기도 했다. 그들의 정제되지 않은 거친 호흡과 날것
의 언어가 사라지지 않기를 바랐다. 오직 산을 향해

열려 있는 그들의 열정과 애정이 계속해서 이 세상에 전해지기를 바랐다. 내가 그 열정과 애정을 전하고 싶었다.

실패가 더 자연스러운 곳

산악 잡지사에서 연차가 쌓이고 경험이 늘면서 이따금 좋은 기회가 찾아왔다. 여행사에서 준비한 해외 트레킹 프로그램을 취재해 잡지 지면에 소개하는 조건으로 교통비와 숙식비를 지원받기도 했고, 개인적으로는 참가하기 어려운 환경 관련 캠페인이나 워크숍에 취재를 병행해 동참하기도 했다. 일본 북알프스 종주, 중국 소수 민족 마을 공정여행, 내몽골 쿠부치 사막 나무 심기 프로젝트, 가리왕산 스키장 건설 반대 세미나…, 산을 오르는 일뿐 아니라 산과 환경을 주제로 할 수 있는 일들은 무궁무진했다.

그중 가장 흥미로운 사건은 생애 첫 해외 원정이었다. 부산·경남 지역 산악연맹과 모 아웃도어 브랜드가 합심해서 알프스 몽블랑 등정에 도전할 열 명의 원정대원을 모집했는데 나도 그 몽블랑 원정대원으로 합류하게 된 것이었다. 그동안 몸으로 배우고 익힌 등산 지식과 등반 실력으로 해발 4807미터, 서유럽 최고봉 몽블랑 정상에 오를 기회를 얻었다. 행정, 훈련, 식량, 장비, 촬영 등 원정대 안의 여러 역할 중 나는 취재와 기록을 맡았다. 해외 원정이지만 국내에서 준비하는 기간도 길었다. 12월부터 이듬해 7월까지 매달 한 차례씩 대원들과 만나 전국의 산을 돌며 산악 훈련을 했다.

긴 준비를 마치고 드디어 도착한 몽블랑 원정의 전초기지 샤모니는 시즌을 맞아 전 세계에서 찾아온 산꾼들로 활기가 넘쳤다. 샤모니는 프랑스 동남부 해발 1037미터에 자리한 산악 도시로 몽블랑 등반을 포함해 투르 드 몽블랑 트레킹, MTB, 산악스키 등 산에서 이루어지는 아웃도어 스포츠의 천국이자 전 세계 산악인들의 소울플레이스였다. 한여름 햇살은 따가웠고 몽블랑의 연봉은 그 빛을 받아 하얗게 빛났다.

　　샤모니에 도착해서도 고산, 설산에 적응하는 준비 기간이 필요했다. 우리는 블랑 호수와 해발 3842미터 에귀유 디 미디에서 본격적인 실전 대비 훈련에 돌입했다. 산소가 희박한 3천 미터 부근의 능선을 날마다 오르내리며 고소 적응을 했다. 무릎까지 푹푹 빠지는 산의 설면에서 피켈을 활용해 효율적으로 보행하는 방법도 익혔다.

　　그리고 샤모니 체류 5일째, 체력을 비롯한 신체 컨디션을 점검한 뒤 정상 등정조를 걸렀다. 자기 의사로 등정을 원하지 않은 대원, 본인은 의지가 있음에도 등정 도전이 무리로 보이는 대원을 제외하자 열 명 중 일곱 명이 남았다. 정상 등정조 일곱 명 안에는 나도 포함되어 있었다. 홍일점이었다.

레 우슈에서 니 데글, 테트후스를 거쳐 중간 거점인 구테 산장으로 가는 길은 멀고 험난했다. 고도가 올라갈수록 추위가 온몸을 엄습했다. 카라반 도중 낙석 구간에서 갑자기 눈사태를 맞기도 했다. 대원 중 한 사람은 설벽에서 미끄러져 추락하다가 몸을 묶은 동료의 자일 덕분에 구사일생했다. 양손으로 힘껏 움켜쥔 피켈을 눈 쌓인 설면에 꽂아 한 발한 발 목적지를 향했다.

나는 이 고통의 시간이 어서 끝나기만을 바랐다. 에너지는 빠르게 소모됐고 고산 증세로 정신은 혼미했다. 속은 게울 듯 메슥거렸다. 그렇게 사력을 다하고서야 해발 3786미터 구테 산장에 도착했다. 몽블랑 정상을 목전에 둔 만큼 산장의 밤에는 보이지 않는 긴장감이 깃들어 있었다. 우리 또한 그 팽팽한 기운을 피해 갈 수 없었다.

그날 밤, 등정까지의 일정을 다시 점검하는 과정에서 나는 원정대장으로부터 '하산' 명령을 받았다. 분명 지금까지 올라온 과정이 아까울 것이고, 정상에 가고 싶은 간절함을 모르는 바는 아니지만, 정상까지 남은 여정은 힘겨운 사투가 될 것이니 지금의 상태를 냉정하게 판단하라는 조언이었다.

인내와 끈기는 타고났다고 생각했다. 할 수 있

다는 믿음이 컸다. 그러나 그 믿음을 무턱대고 내세우며 억울함이나 아쉬움을 호소하기에는 누가 봐도 나는 지쳐 있었다. 으슬으슬 떨리는 몸을 감싸며 나는 선택해야 했다.

사실 어떻게든 가고 싶었다. 인생의 결정적인 사건은 한계를 넘을 때, 한계를 넘고자 무리를 할 때 비로소 이루어지지 않던가. 모두 나만큼, 나보다 힘들 것이다. 해발 4천 미터 가까운 산등성이에서 최상의 컨디션을 유지하는 사람이 몇이나 되겠는가. 더욱이 언제 다시 여기에 올 수 있을까. 몽블랑에 온다 한들 정상에 오를 기회는 또 과연 나에게 있을까. 한국에서부터 준비해온 시간은 또 얼마나 길었던가. 욕심과 미련이 내 발목을 붙잡았다. 하지만 돌아서야 했다. 나만의 원정이 아닌 모두의 원정이었기 때문이다.

이튿날 새벽 2시, 대원 네 명이 몽블랑 정상을 향해 출발했다. 그리고 그날 오후, 나를 포함해 컨디션이 악화된 대원 세 명은 자일을 묶어 올라온 길을 되돌아 내려갔다. 보이지 않는 정상을 향해 하얀 어둠 속으로 뚜벅뚜벅 걸어 들어간 대원들을 마음 깊이 응원했다. 부디 무사히 정상에서 환희를 끌어안기를. 그리고 우리가 처음 출발했던 곳으로 안전하게 돌아올 수 있기를. 먼저 내려서는 마음은 착잡했지만 최선을 다했기에 수긍할 수 있었다. 사실 아쉬움보다 얼른 마을로 내려가 쉬고 싶은 마음이 컸다. 우리는 그만큼 여러모로 지쳐 있었다(몽블랑 정상을 향해 출발한 대원 네 명은 모두 정상에 오른 뒤 무사히 하산했다.)

몽블랑 원정에서 돌아온 후에도 산에서의 우여곡절은 계속됐다. 같은 해 겨울에는 친구와 함께 눈 쌓인 설악산 대청을 오른 뒤 중청으로 내려가는 길에 그만 오른쪽 발목이 골절되고 말았다. 얼어붙은 노면 위에서 왼쪽 다리가 미끄러지는 동시에 크램폰을 끼운 오른쪽 다리가 바위 틈에 걸리면서 오른쪽 발목이 부러진 것이다. 상상을 초월하는 아픔이었고 눈물도 나오지 않는 고통이었다. 중청에 급히 뜬 구급헬기를 타고 시내로 이송되었다. 헬기에서 내려다본 설악산 골짜기조차 꿈처럼 느껴졌다.

'산에서 다리가 부러졌다'는 사실에 내심 묘한 자랑스러움을 느끼며 복귀한 일상. 그러나 이후에 이어진 불편함에 세상이 마치 전쟁터처럼 여겨졌다. 편집부 동료들의 배려로 출장 대신 내근 위주 업무가 배정됐지만 목발을 짚은 채 집과 사무실을 오고가며 출퇴근하는 일부터가 지옥이었다. 화장실에서 볼일을 보고 나면 내 몸을 내 마음대로 움직일 수 없는 현실에 새삼 개탄했다.

산에서는 예측할 수 없는 일들이 비일비재하게 일어났다. 두 시간이면 오를 수 있겠다고 생각한 봉우리였는데 도중에 길을 잘못 들어 어처구니없게도 낯선 마을로 떨어진 적도 있다. 반나절이면 도착할 수 있겠다고 생각한 대피소였는데 낮 시간을 다 보내고 석양이 지기까지 능선 위를 헤맨 적도 있다. '할 수 있다'는 전제가 '할 수 없다'는 결말로 이어질 때마다 말할 수 없는 허탈함을 느꼈다. 높이 오르면 오를수록 산은 나를 낮췄다.

그동안 수많은 계획 아래 내가 가진 능력치와 한계치를 가늠하며 리스크가 적은 쪽에, 가능성이 좀 더 기우는 쪽에, 좀 더 안전한 쪽에 패를 던지고 살아왔다. 그러나 산이라는 공간에서는 그러한 저울질이 무의미하다. 내가 계획한 대로 되지 않는 것, 모든 일들이 예측한 대로 이뤄지지만은 않는 것, 그래서 좌절하고 실패하는 것이 산에서는 훨씬 더 자연스럽다.

그런데 내가 계획한 대로 되지 않을 수 있지만 계획 이상의 일이 일어날 수 있는 것, 모든 일이 예측한 대로 이뤄지지만은 않지만 내 예측보다 더 놀라운 일이 일어날 수 있는 것, 성취와 성공보다 더 멋지고 감동적인 좌절과 실패가 있을 수 있는 것 또한 산에서 배웠다. 무엇보다 산은 해보지 않으면 아무것도 알 수 없다는 것을 가르쳐줬다.

산을 달리다

몽블랑이 나에게 후회만 남긴 건 아니었다. 먼저 내려온 샤모니에서 대원들의 정상 등정 소식을 기다리며 가슴을 졸이던 중, 거리에서 우연히 커다란 포스터 한 장을 발견했다. 울트라 트레일 드 몽블랑(Ultra Trail du Mont-Blanc, UTMB)이라는 산악 마라톤 대회가 다음 달인 8월 몽블랑 산군에서 열린다는 내용이었다. 몽블랑을, 달린다고? 두 발로 걷기도, 아니 네 발로 기어도 고통스러워 힘에 부친 이 산을 달린다고?

해발 4천 미터에 가까운, 공기도 희박한 몽블랑 산군을, 그것도 백 마일, 170킬로미터에 가까운 거리를 달린다는 소식은 분명 놀라웠지만 그보다 내가 더 놀란 건 이 대회의 시리즈에 출전하고 싶어 하는 전 세계 사람들이 무려 만 명에 달한다는 사실이었다. 게다가 UTMB 대회에 출전할 자격을 얻으려면 경기 거리가 백 킬로미터가 넘는 대회를 세 개 이상 완주해야 하고, 그렇게 어렵게 출전 자격을 갖춰도 신청자 모두에게 UTMB 참가권이 주어지지는 않는다고 했다.

그때부터 내 두 눈에는 그전까지 미처 보이지 않았던 장면이 들어오기 시작했다. 몽블랑에 오른다는 생각에 그동안에는 무심히 지나친 풍경이었다.

짧은 러닝 셔츠와 팬츠를 입고 등에는 손바닥만 한 작은 배낭을 멘 채 시내와 광장을 가로질러 달리는 사람들. 케이블카 아래 은빛 설산을 바람처럼 활보하는 사람들.

언젠가 다시 샤모니에 오게 된다면, 그때의 내가 저들처럼 힘차게 달리고 있다면 얼마나 좋을까 상상했다. 몽블랑 정상에 오르지 못하고 돌아서야 했는데 흥미롭게도 그 지점에서 새로운 세계에 맞닥뜨렸다. 어쩌면 몽블랑 정상에 올랐다면 기쁨에 취해 만나지 못했을지도 모를 세계였다.

한국에 돌아온 뒤로 나는 산악 마라톤에 관심을 가지고 정보를 수집하기 시작했다. 산악 마라톤은 내가 태어난 1985년 세계산악마라톤협회를 발족하며 본격적인 산악 스포츠로 발돋움하기 시작했다. 그보다 이르게 일본에서는 1948년부터 지금까지 후지산 등산 경주 대회가 열리고 있었고, 홍콩 주룽반도를 무대로 1979년 처음 열린 옥스팜 트레일워커 대회는 매년 5천 명 넘는 선수가 참가하는 인기 레이스였다.

산악 마라톤 대회는 한국에서도 열리고 있었다. 1990년대 초반 북한산과 설악산 일대에서 산악 경보 형태의 산악 마라톤 대회가 처음 개최되었고,

이후에도 비록 작은 규모지만 아마추어 마니아들을 주축으로 연간 꾸준히 산악 마라톤 대회가 열리고 있었다.

UTMB 우승을 비롯해 '속도 등반가'로서 세계의 산을 넘나들며 누구도 넘볼 수 없는 전설적인 기록을 세우고 있는 스페인의 산악 마라토너 킬리안 조넷, 열악한 경제 자원에도 불구하고 불굴의 노력으로 세계 산악 마라토너들의 귀감이 되는 네팔의 미라 라이, 일반인의 70퍼센트에 불과했던 폐활량을 늘리려 마라톤을 시작해 투지와 신념으로 25년 넘게 달리며 한국 산악 마라톤 역사를 쓰고 있는 심재덕. 자료로 접한 산악 마라토너들의 면면은 산을 달리는 꿈을 꾸는 나에게 더없는 활력이 되었다. 나도 그렇게 멋지게 달리고 싶었다.

얼마 후 드디어 내 이름이 적힌 배번을 달고 난생처음 산악 마라톤 대회에 출전했다. 제주에서 열린 제주 국제 트레일러닝 대회. 사흘 동안 한라산 20킬로미터, 오름 40킬로미터, 올레길 40킬로미터를 나눠 달리는 스테이지 경주였다.

제대로 된 산악 마라톤 장비 하나 없이 20리터짜리 등산 배낭을 메고 등산화를 신은 채였으니 누가 봐도 어설퍼 보였을 것이다. 그러나 어떻게 보이

건 말건 내가 그렇게 소원하던 산을 달리고 있다니, 그 자체로 만감이 교차했다. 완주만 할 수 있다면 어떤 모습이어도 상관없었다. 내 인생에 '100KM'라는 숫자를 새기고 싶었다. 그렇게 사흘에 걸쳐 열일곱 시간을 달린 끝에 가까스로 결승선을 밟았다. 꼴찌였다.

처음으로 산을 달린 그해 가을 제주를 잊을 수 없는 건 내가 조금은 힘든 아홉수를 보내고 있었기 때문이다. 오랜 시간 신뢰하며 만나온 이성 친구와도 그 무렵 성향 차이로 헤어졌다. 그 간극을 들여다보면 깊은 곳에 산이 있었다. 산을 만나고서부터 내 삶은 차츰 바뀌어갔다. 답답한 마음에 지리산을 오르고, 삶에 결여된 무언가라도 채우려는 듯 전국의 산을 찾아 헤매고, 결국 회사를 나와 히말라야에 머물고, 산과 좀 더 가까이 있고 싶어 산악 잡지 기자가 되었다.

그때는 몰랐지만 10년이 지난 지금에야 그 충동 같은 결정들을 한마디로 표현할 수 있다. 바로 마음의 소리에 귀 기울이는 삶이었다. 산에서 나는 내 마음을 보고 듣기 시작했다. 좋으면 좋다고, 싫으면 싫다고, 내 마음이 원하는 것과 원하지 않는 것을 조금씩 천천히 구별하기 시작했다.

여전히 자신을 드러내는 일에 서툴고 군중 속의 소요보다 혼자만의 고요를 선호한다. 그러나 산을 오르면서 나는 나에게 주어진 시간을 온몸으로 즐기고 내가 느낀 감정을 밖으로 표현하기 시작했다. 거친 들숨과 날숨 사이로 내 안에 켜켜이 쌓인 감정들이 터져 나오는 것 같았다. 슬픔, 기쁨, 아픔, 후회, 내 안의 그 모든 것이 뿜어져 나오는 듯했다.

어릴 적 나의 친구들, 가까운 연인 그리고 20대의 수많은 시간을 함께 보낸 주위 사람들은 그런 나를 어색해했다. 어딘지 달라진 것 같다고, 다른 사람이 된 것 같다고 했다. 그러나 왜 그런지 나는 내가 그제야 비로소 진짜 내 모습을 되찾은 것 같았다. 이미 오래전부터 내 안에 있었지만 미처 만나지 못했던, 알아주지 못했던, 돌봐주지 못했던, 그래서 외롭게 홀로 남겨졌던 진짜 내 모습.

나에게 다가온 변화가 느닷없는 사건은 아니었을 것이다. 반복되는 현실의 버거움, 익숙해진 관계의 권태로움, 보이지 않는 미래에 대한 불안함도 그 안에 있었을 것이다. 하지만 '인생이란 원래 그런 거'라며 주어진 삶에 주저앉기에 나는 아직 젊었다. 무엇보다 나는 나 자신을 너무 몰랐다. 무던한 삶이 주는 편안함도 좋았지만 나는 전에는 미처 몰랐던 자기 자신에 대해 알아가기로 했다.

그런 나에게 제주의 살아 움직이는 자연은 멈추지 않고 앞으로 나아가는 법을 가르쳐주는 것 같았다. 언제나 앞으로만 나아갈 수는 없다는 것을 안다. 포기해야만 하고 포기할 수밖에 없는 때도 반드시 온다. 그런 간절한 마음을 아는지 두 다리는 계속해서 나의 몸을 일으켜 세웠다. 출발선에서 결승선으로, 다시 출발선으로. 슬픔에서 기쁨으로, 기쁨에서 슬픔으로. 그렇게 숨가쁘게 이곳에서 저곳을 향해 내달렸다. 그렇게 나는 산을 달리는 레이스에 점점 더 빠져들었다.

그 무렵 한국에도 규모가 큰 산악 마라톤 대회들이 하나둘 열리기 시작했다. 그리고 산악 마라톤은 해외 시장의 영향을 받아 본격적으로 '트레일러닝'이라 불리기 시작했다. 오직 산에서만 뛰는 것을 뜻하는 산악 마라톤에 비해 트레일러닝은 산뿐만 아니라 해변, 들판, 사막, 정글, 극지 등 모든 오프로드를 달린다는 데서 의미가 더 넓다.

마라톤 출전 종목이 10킬로미터, 21.0975킬로미터 하프코스, 42.195킬로미터 풀코스, 세 가지 정도라면 트레일러닝은 대회가 열리는 장소에 따라 훨씬 다양하다. 보통 트레일러닝을 막 시작한 사람들이 경험 삼아 출전하는 10~20킬로미터 단거리를 기본으로 50킬로미터 미만의 중거리, 50킬로미터 이상의 장거리 그리고 백 킬로미터 넘는 초장거리로 나뉜다.

또 마라톤은 대개 도시의 평탄한 길 위를 달린다. 그래서 어디서 열리건 기록을 예상하는 일이 가능하다. 세계 최고 선수라면 두 시간대 초반 기록을 가지고 있고, 동호인들도 서브스리(마라톤 풀코스를 세 시간 안에 완주하는 것)면 수준급 기록이라고 여겨진다. 그런데 트레일러닝은 자연 위의 비포장길, 심지어 아예 길이 아닌 곳을 달린다. 어디서 대회가 열리느냐에 따라 달리는 시간이 천차만별이다.

내가 처음 출전한 제주 대회처럼 일정한 거리를 나눠 달리기도 하고, 백 킬로미터를 24시간 안에 완주하는 대회도 있다. 앞서 말한 킬리언 조넷은 '서 밋 오브 마이 라이프(Summit of My Life)'라는 프로젝트를 통해 대륙 최고봉 최단 기록 등정에 도전해 성공하기도 했다.

또 마라톤이 달리는 동안 일정하고 규칙적인 움직임을 반복한다면 트레일러닝은 달라지는 지형과 누적되는 고도에 따라 다이내믹한 동작을 구사해야 한다. 물론 마라톤과 트레일러닝에 쓰이는 근육도 각각 다르다.

2015년 5월, 두 번째로 출전한 트레일러닝 대회인 제1회 KOREA 50K는 처음으로 50킬로미터를 하루 만에 달린다는 데서 분명 색다른 도전이었고 모험이었다. 앞서 출전한 제주 국제 트레일러닝 대회에서는 백 킬로미터를 사흘 동안 나눠서 달렸기에 50킬로미터가 넘는 트레일러닝 '장거리'는 처음이었다.

'얼마나 힘들까, 할 수 있을까, 중간에 쓰러지기라도 하면 어쩌나, 더 늦기 전에 지금이라도 기권할까….'

초조함과 두려움이 가시기도 전에 카운트다운이 시작되었고, 출발 신호와 함께 나는 달리기 시작했다. 시작부터 호흡이 크고 거칠었다. 심장은 벌써 타들어가는 것만 같고, 다리는 이미 무거워졌다. 온몸이 격렬하게 작동하고 있는 게 고스란히 느껴졌다. 곁에서 달리는 사람들의 숨소리가 유난히 크게 들렸다. '모두가 나처럼 힘들구나.' 동이 트기 전 새벽에 출발했는데 물을 얻을 수 있는 첫 번째 체크포인트를 지나고 나니 해는 중천에 떠 있다.

앞만 보며 정신없이 달렸다. 그런데 언제 어디서부터 잘못 들어선 건지 코스를 이탈해 그만 강을 건넜다. '코스에 강이 있었나?' 당황한 나머지 허둥 거리다 물에 빠져 신발과 바지가 몽땅 젖었다. '지금 대체 뭐 하고 있는 거지.' 눈물이 앞을 가렸다. 듬성 듬성 달리다 나 혼자 주로를 벗어났으니 도와줄 사 람도 하나 없었다. 그렇게 한참을 헤매며 지체한 끝 에 원래의 코스를 찾았다.

30킬로미터쯤에 다다르니 문득 제주의 해변을 달리던 첫 트레일러닝 대회가 떠올랐다. 결승선까지 10킬로미터를 남기고 너무 힘들어 이탈하고 싶었던 바로 그때가 하필 떠올랐다. 왜 마라톤에서 32킬로 미터를 마의 고지라고 부르는지 알 것 같았다. 하지 만 '더 달릴 수 있을까?' '이쯤에서 그만할까?' 그런 생각을 하면서도 멈출 수가 없었다.

40킬로미터 지점에 이르니 포기할까 하는 마음 대신 오기가 들었다. 땀과 흙으로 범벅이 된 몰골 위 로 지금까지 달려온 길이 겹쳐졌다. '걸어서라도 가 야지. 쓰러지더라도 가야지. 완주는 해야지.' 끝이 없어 보이는, 세상에서 가장 긴 10킬로미터를 달렸 다. 그리고 결승선을 통과했다.

50K, 8시간 10분 40초.

이 길고 긴 사투 덕에 앞으로도 산을 달릴 수 있겠다는 용기가 생겼다. 그 후로 많은 산을 달렸다.

그러는 동안 수없이 구르고 넘어지고 다쳤다.

아마추어 동호인 산악 마라토너로서 내가 내세울 수 있는 이력은 산에서 보낸 시간이 전부였다. 그 시간이 있었기에 산의 지형과 정서에 익숙했다. 익숙했기에 산을 달리는 데 따르는 두려움과 부담감이 덜했다.

그 시간은 바쁘고 빠르게 돌아가는 일상의 틈을 비집고 멈추어 만든 시간이었다. 그래서 더디고 느렸다. 하지만 그 시간들이 모여 아이러니하게도 나를 내 인생에서 가장 빠르게 달리도록 이끌었다. 그렇게 달리고 달려서 같은 해 10월, 1년 만에 재출전한 제주 국제 트레일러닝 대회와 이듬해 4월, 역시 1년 만에 재출전한 KOREA 50K에서 이번에는 모두 입상권에 올랐다.

내 심장으로, 내 두 다리로

나는 산을 가볍고 빠르게 달릴 때 느낄 수 있는 기운을 사랑했다. 오직 나만의 기록을 향해 달리는 데서 느낄 수 있는 환희와 내가 진짜 내 인생의 주인공이 된 것만 같은 기분이 좋았다. 새벽녘의 출발선 앞에서, 카운트다운 속에서, 작은 레이스 배낭을 메고 이마에 헤드램프를 두른 채 가쁜 숨을 몰아쉬며 달리는 길 위에서 느끼는 에너지는 다시 돌아온 일상을 지탱하는 힘이 되었다. 분주한 하루하루를 보내다가도 내가 달린 산, 그 산을 달린 나를 생각하면 뿌듯했다. 계속 달리고 싶었다.

세계 곳곳에서는 1년 내내 트레일러닝 대회가 진행되고 있었다. 해외 트레일러닝 웹사이트를 열면 일전에는 들어본 적도 없는 이름 모를 산들이 파노라마처럼 펼쳐졌다. 트레일러닝 대회만 잘 찾아다녀도 이 세상 산을 안전하게 다 가볼 수 있을 것만 같았다. 좋은 산이 있는 나라라면 어디든 가고 싶었다. 문제는 누구에게나 그렇듯 돈과 시간. 서른 살 나에게는 목돈도 없었고 시간도 없었다. 하지만 평범한 직장인인 나에게는 월급이 있었고 주말이 있었다.

그리하여 '주말의 산'이 시작되었다. 마감 기간의 야근과 철야를 대신해 주어지는 대체 휴가를 주말 앞뒤로 붙여 짧게는 사흘, 길게는 일주일 휴가를

낼 수 있었다. 아시아의 가까운 나라까지는 다녀올 수 있는 시간이었다. 나는 취재와 마감이 끝나고 주말이 오기만을 기다렸다. 그리고 산을 찾아다녔다.

시작은 2016년 5월 산악 강국 일본이었다. 나가노현 동부 소도시 우에다에서 열리는 우에다 버티컬 레이스는 이름에서 짐작할 수 있듯 오르막 수직 상승 레이스다. 해발 2백 미터 오보시 신사에서 해발 1164미터 타로산 정상까지, 5킬로미터에 달하는 오르막을 10초 간격으로 한 사람씩 출발해 내리 달려 올라가는 독특한 경기 방식으로 유명하다. 순위와 기록은 결승점까지 걸린 시간을 개인별로 재서 매겼다. 일종의 절대평가인 셈이다.

평소 등산을 즐겨 했던 나로서는 대회 시작 전부터 이 오르막 수직 상승 레이스에 왠지 자신이 있었다. 함께 출전한 한국 친구들도 은근히 나에게 기대를 거는 눈치라 잘해야겠다는 기분 좋은 부담감도 들었다. 그렇게 한 사람 한 사람 신호를 받고 출발하기 시작해 어느덧 내 차례가 다가왔고 출발 신호와 함께 정상을 향해 달려 나아갔다. 마을을 따라 난 평평한 아스팔트길을 1킬로미터 정도 지났을까. "감바레(힘내)!" 갑자기 소리가 들려 돌아보니 뒤에서 출발한 선수가 쏜살같이 나를 추월해 앞으로 튀어나갔다. 어리둥절해하며 달리다 맞닥뜨린 등산로 입구. 초입부터 경사가 상당히 세다. 방금 전 나를 지나친 이는 이제 등도 보이지 않는다. '그새 어디로 간 거야?' 놀라는 사이 다시 "감바레!" 하는 소리와 함께 또 한 명이 내 등을 치며 나를 앞질러 갔다. 몸놀림도 날렵하고 숨소리도 거의 들리지 않는다. '이햐, 진짜 빠르다!' 조급해진 마음에 빠르고 커다란 보폭으로 성큼성큼 산 사면을 치고 올랐다.

달리고 싶은 마음과 다르게 두 다리는 뻐근해지고 숨소리는 거칠어지고 체온은 올라가고, 울창한 숲속에 갇혀 옷이 땀에 흥건하도록 뛰다가 걷고 걷다가 뛰고, 그러다 지쳐 멈춰 선 누군가를 향해 "감바레!" 외쳐보기도 하고, 땅 한 번 쳐다보고 하늘 한 번 쳐다보고. 그렇게 시간이 얼마나 흘렀을까. 머리 위로 창공이 열리며 응원 소리가 들리기 시작했다. '다 왔구나.' 마지막 남은 힘을 끌어올려 결승선까지 내달렸다. 그렇게 맞이한 정상의 눈부신 순간!

빛나는 정상과 골인의 순간만 있었던 건 아니다. 거듭 이어지는 능선 위에서, 가파른 오르막과 치닫는 내리막 사이에서 처음의 힘은 사라지고 터덜터덜 걸어야 했던 때도 많았다. 야심 차게 출발했어도 나중에는 얼마나 많은 사람이 나를 제치고 지나갔는지 셀 수조차 없게 되는 자포자기의 때도 많았다.

가깝고 산이 많으면서 따뜻한 나라 홍콩에서 열린 란타우 50K. 언제나 그렇듯 내 이름이 적힌 배번을 달고 레이스 배낭을 메고 헤드램프를 켰다. 그리고 카운트다운과 함께 홍콩의 새벽을 밟고 란타우 피크와 선셋피크로 향했다.

초반 3킬로미터 구간은 시내의 수변도로를 달렸다. 헤드램프 빛에 반사되는 이정표를 따라 속도를 올리며 앞으로 나아갔다. 선두권 무리는 이미 시야에서 사라져 보이지 않는다. 그 뒤를 따라가며 '오버페이스를 했구나' 싶어질 무렵 나타난 등산로 입구. 란타우 국립공원의 일부 구간이다. 본격적인 레이스는 이곳부터다. 색색거리는 호흡을 가다듬고 빠른 걸음으로 경사진 계단을 치고 올랐다. 그리고 이어지는 산의 능선. 여기서부터 다시 속도를 내야 하는데 오르막을 오르는 동안 힘을 많이 썼는지 숨이 가빴다.

깊고 어두운 숲 사이를 달리고, 무너져내릴 것 같은 돌너덜의 내리막을 달렸다. 다시 가파르게 이어지고 이어지는 이름 모를 낮은 산들의 정상을, 앞에서 뒤에서 누군가가 달리고 달려서 이 세상 모두가 달리고 있는 것 같은 순간을 달렸다. 10킬로미터,

20킬로미터, 30킬로미터…. GPS 시계 속 고도와 거리가 서서히 채워지고, 경사에 따라 나를 둘러싼 사방의 경치가 시시각각 달라지고, 환희, 무념, 체념, 감탄, 원망의 감정이 드라마처럼 지나갔다. 또 이렇게 하나의 길을 완성하는구나.

그런데 왜 항상 작정하고 덤빈 일들은 기다렸다는 듯 배신을 할까. 40킬로미터 지점에서 다리에 쥐가 나버렸다. 종아리와 허벅지가 딱딱하게 굳어 달릴 수가 없었다. 잘하고 싶었는데, 잘할 수 있을 것 같았는데…. 패잔병처럼 하염없이 걷고 걷고 걷다가 결국 DNF(Do Not Finish). 결승선을 10킬로미터 남기고서. 그만하고 싶었다. 그렇게 달려왔는데 왜 여기까지밖에 못 온 걸까, 이것밖에 안 되는 걸까, 왜 이렇게 힘들지, 힘들게 달려 내가 원하는 건 뭘까, 걷고 싶다, 멈추고 싶다, 이게 다 뭐라고, 힘들다, 너무 힘들다….

란타우에서의 아쉬움과 패배감을 딛고 새롭게 출사표를 던진 노스페이스100 홍콩 대회에서 여덟 신선이 산다는 여덟 개의 봉우리 파시엔링(八仙嶺)을 향해 고도를 올렸지만…, 7위, 5위, 3위, 점점 순위를 끌어올려 재기할 수도 있겠다는 생각에 신이 났지만…, 이번에는 더위를 먹고 퍼져버렸다. 또 40킬로미터 지점이었다. 그러는 동안 이번에도 많은 사람이 나를 스쳐 지나갔다. 끝났구나. 이미 내가 원하는 레이스는 그르쳤다는 생각이 들었다. 또 DNF를 하고 싶은 마음이 스멀스멀 들었다. 그만하고 싶다는 유혹은 이제 나에게 너무 쉽다.

그런데 이번만큼은 그러지 말자는 생각이 들었다. 그만하고 싶다는 생각조차 그만하고 싶었다. 죽이 되든 밥이 되든 가는 데까지 가보자. 레이스가 원하는 대로 잘 안 풀릴 때마다 포기하면 얼마나 시시하고 쓸쓸할까. 결승선까지 남은 10킬로미터 능선을 꾸역꾸역 넘었다. 그러는 동안 이따금 목이 메고 가슴이 조여왔다. 그건 순위와 기록을 다투며 달려갈 때 느꼈던 것과는 또 다른 벅참이었다.

얼마 전 누군가가 불쑥 물었다. 힘들게 산을 달리는 이유가 뭐냐고.

"…좋아서?" 그렇게 대답은 했지만 딱히 적절한 답은 아닌 것 같아서 어떻게 이유를 더 댈지 부지런히 궁리하다가 대충 얼버무렸다. "자연 속에서 내 본연의 모습을 만날 수 있다고나 할까?" 정말 그 순간에는 그 말밖에 떠오르지가 않았다. 하지만 과연 최선의 대답이었을까. 아무리 생각해도 왜 산을 달리는지에 대한 이유는 부족하기만 하다. 본연의 모습이란 건 도대체 또 뭘까.

가끔 생각한다. 나는 왜 산을 달릴까. 사실 머리보다 몸이 먼저 움직이는 산 앞에서 무슨 이유가 필요할까 싶다. 그저 떠오르는 순간들이 있을 뿐이다. 동틀 무렵 태양의 붉은 빛을 받으며 달아오르는 대지 위를 달리던 새벽, 가쁜 숨을 고르며 끝없이 이어지는 나무 계단을 치고 올라 이윽고 당도한 능선 위를 바람처럼 달리던 아침, 이글거리는 뙤약볕 아래 잔뜩 뜨거워진 아스팔트길을 헉헉거리며 걷고 뛰던 정오, 그렇게 맞닥뜨린 서늘한 골짜기로 새어 들어오는 석양 사이를 쏜살같이 내리꽂던 오후.

달과 별이 빛나는 밤의 황홀은 또 어떤가. 세상의 모든 것이 까맣게 지워지고 산속에 오직 어둠과 나만이 존재하는 순간. 그 고요함 속을 달리다가 헤드램프 빛에 반사된 야생동물의 번득이는 눈동자를 보고 소스라치게 놀라 줄행랑친 순간을 생각하면 언제라도 웃음이 난다. 그럼에도 밤의 산을 포기할 수 없는 이유는 오직 어둠과 나만이 존재하는 데서 느껴지는 정제된 기분 때문이다. 정상에서 바라보는 도시의 아스라한 야경은 내가 돌아갈 삶을 다시 한 번 긍정하게 한다.

홀로 지도 한 장 들고 타국의 산을 달리는 순간

도 사랑한다. 일본 불교의 어머니 산으로 통하는 교토 히에이산, 산세가 삐뚤어진 코를 닮았다는 데서 이름이 유래했다는 사이타마현 하나마가리산, 히로시마현 최고봉 오소라칸, 세토 내해의 때 묻지 않은 가사도섬. 그곳을 달리면서 나는 왠지 누구에게도 알려주고 싶지 않은 나만의 비밀스러운 산을 발견한 것 같았다.

산을 달리면서 만난 또 다른 기쁨이 있다면 산을 지척에 두고 살아가는 사람들의 생활이었다. 담장 너머 빨랫줄에 걸린 옷가지를 바라보며 그곳에 사는 누군가의 일상을 상상해보기도 했다. 등산로의 방향을 물으려고 들른 민가에서 마을 주민의 친절한 안내를 받기도 했다. 그럴 때면 '관광객은 그들이 어디 있었는지 모르고 여행자는 그들이 어디로 가는지 모른다'는 폴 데로스의 말을 실감한다. 나는 산을 달리는 여행자였다.

산을 달리기 시작하면서 일어난 변화라면 나를 둘러싼 모든 것들이 가벼워지고 작아졌다는 것이다. 산을 달릴 때 필요한 짐을 추리면 먼저 이동 중에 빠르게 먹고 마실 간식과 생수, 기온이 떨어졌을 때를 대비한 방풍재킷, 밤에 필요한 헤드램프와 여분의 배터리, 조난 같은 비상 상황을 위한 호루라기와 깜

빠이 등, 혹시 모를 부상에 대처할 구급약품 정도다. 그리고 이 모든 장비는 5리터 내지 10리터의 레이스 배낭에 충분히 들어가고도 남는다. 무겁고 커다란 등산 배낭을 더 이상 찾지 않게 됐다.

참고로 이 '경량'에 대한 유난스러운 집착은 분초를 다투는 대회에서 더 극적으로 볼 수 있다. 한가지 예로 선두권의 한 선수는 5리터짜리 레이스 배낭에 달린 지퍼까지 떼고 달리는데, 이건 내가 히말라야 트레킹 이틀 차에 칫솔 손잡이를 부러뜨린 것과도 같은 이치겠다.

가볍고 작아진 건 장비만이 아니었다. 이 세계를 향한 나의 느낌도 그렇다. 이를테면 산을 달리기전에는 20킬로미터가 넘는 산행에 최소 이틀의 시간이 걸렸다. 산중에서 잠이라도 자려면 텐트, 침낭, 식량 등 장비도 늘고 그에 따라 배낭도 무거워지기때문에 자연스레 이동 시간이 길어질 수밖에. 하지만 산을 달리고 나면서 거리에 대한 부담이 줄었다. 무엇보다 같은 시간이라 해도 산의 더 많은 장면을 누릴 수 있었다.

이러한 감각은 산에서 내려온 삶에서도 적용됐다. 뭐든지 아까워서 잘 버리지 못하고 언젠가는 쓸거란 생각에 어딘가에 묵혀두고 쟁여두길 잘했던 나였는데 이제는 필요한 물건만 남겨두고 버릴 줄 아는 습관이 생겼다. 물론 장비는 용도에 따라 다양하게 갖출수록 좋고, 있으면 언젠가는 요긴하게 쓰게 되기에 소유한 물건을 줄이는 일은 아직도 쉽지 않다. 그럼에도 언제든 당장 배낭 하나 훌쩍 메고 떠날 수 있는 상태를 삶의 목표로 삼고 살고 있다.

　　살아가는 데 그다지 많은 것이 필요하지 않다는 것. 이 세계는 모두 연결되어 있으며 마음만 먹으면 나는 어디로든 갈 수 있다는 것. 그런 가능성의 마음이 바로 내가 산을 오르고 달릴 수밖에 없는 가장 근원적인 이유는 아닐까.

　　산에서 즐길 수 있는 흥미로운 아웃도어는 정말 많다. 하지만 대체로 제약이 하나쯤은 있다. 이를테면 암벽 등반은 안전장비를 확보해줄 파트너가 있어야 한다. MTB는 고가의 산악자전거가 있어야 한다. 산악스키도 그런 점에서 마찬가지다. 그에 비해 산을 달리는 건 그곳이 어디든 산만 있다면 그리고 튼튼한 심장과 다리만 있다면 언제라도 홀로 거뜬히 실행할 수 있다.

　　경사가 거셀수록, 노면이 험할수록, 고도가 높을수록 심장은 빠른 속도로 뛰고 다리는 추를 단 것처럼 무거워진다. 그에 따라 얼굴은 달아오르고 호흡은 거칠어진다. 산을 달릴 때 중요한 건 속도만이 아니다. 시작한 곳에서 끝까지 얼마나 지치지 않고 달렸는지도 중요하다. 당장이라도 이 질주를 멈추고 싶다. 중력을 거슬러 산을 달리는 건 아무래도 힘든 일이다.

하지만 아이러니하게도 그래서 멈출 수 없다. 이제는 안다. 힘들어서 좋았다는 걸. 쉽지 않아서 좋았다는 걸. 힘들어도, 쉽지 않아도, 멈추지 않고 조금씩 오르고 오르다 보면 산등성이로 시원한 바람이 불어올 것이고, 모든 것을 용서할 멋진 풍경도 펼쳐질 것이고, 지나온 길들을 돌아보면서 뿌듯해할 것이고, 그러다 길게 잘 뻗은 내리막이라도 만난다면 다시 모든 걸 잊고 달려볼 거란 걸. 힘들고 지겹고 그만하고 싶기도 하지만 결국 나한테는 이것만큼 좋은 것이 없다는 걸.

많은 동호인이 주말이면 따로 또 같이 산을 달리러 집을 나선다. 트레일러닝 대회가 열리는 시즌의 주말에는 더욱 분주해진다. 취미로 산을 달리는 것과 대회에 출전해 산을 달리는 건 엄연히 다르다. 일정한 규칙과 지켜보는 관중 아래 속력, 지구력, 기능 등을 겨뤄 기록을 내고 순위를 정한다는 의미에서 이때의 트레일러닝은 스포츠다. 완주에 의의를 두고 즐겁게 달리는 데서 충만함을 느끼는 사람이 있는 반면, 선두권에서 분초를 다투며 달리는 데서 아드레날린이 솟구치는 사람도 있다. 하지만 결국 모두 하나의 결승선을 향해 들어온다. 포기하지 않고 끝내 해냈다는 성취감과 목표를 이루지 못했다는 아쉬움이 뒤섞이는 마지막 순간을 향해.

오직 완주만을 바라며 달린 때가 있었다. 잔뜩 상기된 얼굴로 좋은 기록과 순위를 바라며 달린 때가 있었다. 그러다 이 모든 것이 허무하고 버겁게만 여겨진 때도 있었다. 그렇지만 그럼에도 결국 달리는 순간만큼은 내 삶에서 포기할 수 없다는 걸 알게 된 때가 찾아왔다.

사랑하는 산 위에서 아이러니하게도 나는 오늘도 작아진다. 세상에 잘 달리는 사람은 너무 많다. 나만큼 달리는 사람은 그보다 더 많다. 달리면 달릴수록, 그래서 긴장될수록, 불현듯 불편한 마음이 내 안에 치고 들어오기도 한다. 애초에 사회가 아닌 산에서조차 타인과 경쟁하고 싶었던 건 아니었다. 산을 달리는 모습을 과시하려던 것도, 그로부터 존재감을 찾으려던 것도 아니었다. 자연을 상대로 나 자신을 시험해보고 싶은 건 더더욱 아니었다. 산은 인간의 욕망의 전시장이 아니니까.

하지만 할 수 있다면, 내 심장과 다리가 따라와 준다면, 이 모든 걸 그 자체로 인정하며 최선을 다해 기꺼이 즐기고 싶다. 그건 그만큼 내가 이 스포츠를 진지하게 대하고 있다는 것이니까.

누가 신발 하나만 있으면
산에 간다고 그랬어?

내가 처음으로 구입한 등산복은 2010년 수유역 어느 등산복 판매점 가판대에서 4만 원을 주고 산 노란색 바람막이다. 히말라야를 꿈꾸던 때, 월급을 쪼개 등산 의류와 장비를 하나씩 마련했다. 그럴 때 주로 찾은 곳은 가격이 부담 없으면서 기능이 충실한 제품이 모여 있는, 북한산이나 도봉산 아래 혹은 종로5가에 몰려 있는 아웃도어 종합 판매점이었다. 노란색 바람막이를 시작으로 방한 내피, 크램폰, 등산 스틱, 캠핑 식기 등을 여기서 구입했다. 대개가 지금은 이름도 가물가물한 중저가 브랜드 제품이었다.

　'고수는 연장 탓을 하지 않는다'는 말을 신봉하며 장비 사는 데 지갑 열기를 저어했던 내가 거금을 들여 좀 더 나은 등산 의류와 장비를 하나둘 구입한 건, 겨울 산에 다니면서부터였다. 여름 산, 가을 산은 신축성 좋은 추리닝 정도로도 충분히 소화할 만했다. 하지만 겨울 산은 달랐다. 생애 첫 설산이었던 강원도 강릉 괘방산에 솜 점퍼와 코듀로이 바지를 입고 올랐다가 호되게 당한 이후로 괜찮은 등산복의 필요성을 절감했다. 솜 점퍼와 코듀로이 바지는 산을 오르는 동안 내가 흘린 땀을 전부 흡수해버렸고, 옷은 이내 차갑게 식어 얼어버렸다. 하마터면 저체온증에 걸릴 뻔했다.

좋은 등산복은 입었을 때 이물감 없이 편하다. 바람이 잘 통하며 땀이 잘 마른다. 좋은 등산화는 신었을 때 발의 피로가 덜하고 지형지물이 많은 노면 위에서 미끄러지지 않게 발을 잘 잡아준다. 통기성을 갖춰야 함은 물론이다. 그러고 보면 최적화된 성능이란 다름 아닌 가장 기본적인 성능이다. 하지만 기본에 가까워질수록 가격은 몇 배씩 뛰기 마련이니 기본에 충실하기란 그만큼 쉬운 일이 아닌 듯하다.

보기에 좋은 떡이 먹기도 좋다고, 성능이 뛰어나면서도 색감, 디자인, 미감, 어디 하나 빠지지 않는 제품들이 등산 애호가들의 구매 욕구를 불러일으켰는지, 명산이든 야산이든 화사하게 갖춰 입은 등산객들로 넘쳐났다. 일상복처럼 편하면서도 예쁜 데다가, 일상복에서는 찾아볼 수 없는 기능도 갖추고 '간지'까지 뽐내는 등산복이 엄연한 하나의 장르가 된 것이다. 알게 되면 보인다. 경험해보면 차이가 확연하다. 좋은 장비에 눈이 갈 수밖에. 누가 신발 하나만 있으면 산에 간다고 그랬나? 누가 등산에 돈이 안 든다고 그랬나?

한국 산은 세계 등산 브랜드의 전시장이라 할 만했다. 그리고 마무트, 파타고니아, 라푸마, 고어텍스 같은 아웃도어 시장에서 손꼽히는 기업의 경영자들이 직접 방한할 만큼 큰 시장이었다. 시장 규모가 커진 만큼 고산 원정대에 대한 브랜드들의 지원과 후원도 과감해졌다. 제품의 우수함을 입증하고 홍보해줄 모델로는 산악인이 제격이었다. 예고도 없이 폭설과 눈비와 강풍이 몰아치는 다이내믹한 산, 거기서 외치는 'OO 하나면 충분하다!'라는 한마디가 주는 신뢰감. 그 범접할 수 없는 아우라. 광고에 설득됐는지, 무슨 일이 벌어질지 예측할 수 없는 산에 가는데 방수와 방풍에 강한 고어텍스 원단 옷 한 벌쯤은 필요해 보였다. 뒷산을 히말라야 등정 차림으로 가는 진풍경은 그렇게 비롯했을 것이다.

    흥미로운 건 히말라야나 알프스 같은 고산에서도 끄떡없는 이 고기능성 의류와 신발이 국내 브랜드의 제품이라는 사실이다. 블랙야크, K2, 코오롱, 네파. 국내 매출로 다섯 손가락 안에 꼽히는 등산 브랜드는 한국에 본사가 있었다. 글로벌 브랜드 노스페이스가 업계 부동의 1위를 유지할 수 있는 요인은 해외 수입 라인이 아닌 국내 생산 라인에 있었다. 체인젠 크램폰으로 유명한 한국 브랜드 스노우라인과 부산 사상구에 본사가 있는 등산화 전문 브랜드 캠프라인은 뛰어난 품질 덕분에 제작 기술과 일부 제품을 해외 시장에 수출하기도 했다.

이 사실이 흥미로운 건 대개 등산 관련 브랜드들은 창업한 지역의 고유한 히스토리를 가지고 있기 때문이다. 내가 즐겨 신는 이탈리아 등산화 브랜드 라스포르티바는 1920년대 초반 농부, 벌목꾼이 신는 신발을 만들다가 스키부츠를 시작으로 등산화를 만들어 세계적인 브랜드로 성장했다. 살로몬은 프랑스 안시 지방에서 20세기 초부터 아웃도어 장비를 만들어온 브랜드다. 밀레 또한 알프스 산맥 기슭에서 등산 배낭을 만들어 팔면서 알려졌다고 한다. 잠발란, 쉬펠, 몬츄라, 컬럼비아…, 모두 명성에 걸맞은 오랜 역사와 전통을 자랑한다. 이미 알피니즘, 머메리즘이라는 말이 등장한 지 수백 년이니 등산 문화도 그만큼 오래됐고, 브랜드도 그만한 긴 역사를 가지게 된 것이다.

모르는 사람 눈에는 다 같은 산일지 몰라도 대륙마다, 나라마다, 지역마다 산이 가진 환경은 조금씩 다르다. 그리고 그에 따라 제품에 요구되는 사양도 조금씩 다르다. 이를테면 알프스는 주로 화강암 바위 지형이 많다. 그래서 알프스에 인접한 서유럽 국가에서는 마찰력과 접지력에 중점을 두고 등산화와 트레일화를 개발한다. 이 제품은 정말 뛰어난 성능을 자랑하지만, 아시아의 산에서는 완전히 적합

하지는 않다. 노면이 마사토로 이뤄진 우리나라 산
에서 바위 접지력이 뛰어난 신발은 퍼포먼스를 내는
데 그다지 효과적이지 않은 것이다. 또 커다란 땅덩
이를 자랑하는 미국에서는 그만큼 산도 크고 산줄기
도 길어 장거리 산행을 많이 한다. 그래서 신발도 쿠
셔닝과 피팅감이 훌륭한 제품 위주로 개발된다. 호
카나 알트라 같은 브랜드의 제품이 그렇다.

　　그러나 안타깝게도, 한국에는 2천 미터 넘는 산
이 없다. 2020년 6월 기준으로 허말라야 8천 미터
급 14개봉을 등정한 산악인이 세계에서 가장 많은,
무려 일곱 명이나 있는 한국에, 국토의 70퍼센트가
산인 한국에 말이다. 후발주자 격인 한국 아웃도어
브랜드들이 산악인들을 후원해 고산과 험지에서 성
능을 인정받으려 애를 쓰는 것도 이런 히스토리를
만들려고 하는 것 아닐까.

　　그리고 전국 국립공원, 100대 명산, 백두대간
과 그로부터 뻗은 정간과 정맥과 기맥을 전전하다
끝내 해외의 산으로 눈을 돌려 돈과 시간을 아낌없
이 투자하는 사람들의 마음에는 우리나라에는 없는
'높은 산'을 향한 근원적인 갈망이 있는 건 아닐까.

　　'문제는 고도(altitude)가 아니라 태도(attitude)'
라고 말한 앨버트 머메리. 그의 이름에서 유래하는

머메리즘이란 등정주의를 가리키는 알피니즘이 아니라 보다 어렵고 다양한 루트로 오르는 것을 중시하는 등로주의를 뜻한다. 그는 산행의 본질은 정상을 오르는 데 있는 것이 아니라 고난과 싸우고 그것을 극복하는 데 있다고 했다. 고도가 아니라 태도. 그렇다면 뒷산을 오르면서 고산 원정급 장비를 장착한 이들은 어쩌면 등산의 태도를 즐기는 것인지도 모르겠다.

그런데 요즘 산에 가면 정말이지 한 시대가 지난 것만 같다. 이제 대세는 레깅스다. 언제부터인지 젊은 여성들이 하체 라인이 고스란히 드러나는 쫄쫄이 타이즈에 목이 긴 양말을 코디해 입고 산에 오르기 시작했다. 상의는 그에 어울리는 민소매 셔츠 혹은 브라톱. 타인의 시선을 신경 쓰기보다 자신의 취향과 욕망에 충실하며 스스로를 드러내고 표현하는 데 주저함이 없는 밀레니얼 여성들이 이 레깅스 등산복 트렌드를 선도하고 있다.

도심에서 러닝을 하거나 요가를 할 때 가볍게 입는 의상이 새 시대의 핫한 등산복이 될 줄이야. 생각해보면 가벼움과 통기성과 신축성 모두를 만족하는 레깅스와 브라톱을 산에서 입지 않을 이유가 없다. 내가 산을 달릴 때 종종 입는 컴프레션 바지도 결국 레깅스 아닌가. 불과 몇 년 전 왜 아무도 등산복이 사실은 안 예뻤다고, 심지어 불편하기도 했다고 말하지 않았던 걸까.

등산 장비 브랜드 이야기에서 빠질 수 없는 카테고리로 캠핑이 있다. 바야흐로 캠핑 열풍이 불었던 시절, '집 안'을 고스란히 '집 밖'으로 옮겨온 거라 해도 과장이 아닐 만큼 어마어마한 물량의 캠핑 제품이 시장에 쏟아져 나왔다. 텐트, 침낭은 기본이고, 타프, 테이블, 램프, 의자, 화로대를 비롯해서 두루두루 쓸모 있는 캠핑 장비는 물론, 이런 것까지 필요할까 싶은, 집에서도 이런 것까지는 안 쓰지 않나 싶은 디테일한 장비까지 아이템은 무궁무진했다.

등산을 시작하고 암벽 등반으로 잠시 우회했다가 트레일러닝으로 전향한 뒤로 꾸준히 이 길을 달리고 있는 나는 캠핑과는 인연이 멀었다. 무겁게 짐을 지고 야외에서 먹고 자는 캠핑은 나와 잘 맞지 않았다. 배낭에 가볍게 짊어지고 짧게는 몇 시간, 길게는 한나절 정도 산에 머무는 트레일러닝의 타임라인에 내 몸이 적응했기 때문이다. 무엇보다 방대한 캠핑 장비 리스트에 숨이 막혔다.

그러다 등산학교 동기들과 경기도 포천의 어느 유료 유원지로 늦은 봄 캠핑을 1박 2일 다녀왔다. 여느 때처럼 내가 가지고 간 거라곤 개인 수저에 밥그

룻과 컵, 침낭이 전부였다. 반면에 동기들은 오랜 시간 캠핑을 즐겨온 캠핑 마니아답게, 캠핑에 쏟은 그동안의 연식이 한눈에 느껴질 만큼 구색도 다양한 장비를 자랑했다.

넓은 유원지 안에 적당한 터를 잡아 차를 세우고 그 곁에 우리가 숙영할 텐트 세 동, 타프 두 개를 치니 두 시간이 훌쩍 지나 있었다. 그 뒤로는 정말, 쉬지 않고 먹었다. 점심으로 마라탕, 저녁에는 바비큐, 야식은 짜파구리, 다음 날 아침 삼계탕까지. 집에서도 만들어 먹기 힘든 이 모든 일품 요리를 친구들은 몇 가지 캠핑 장비로 후딱후딱 조리했다. 밤이 깊자 우리는 화로대 앞에서 '불멍(모닥불을 바라보며 멍하게 앉아 있는 것)'도 하고, 사는 이야기도 두런두런 나눴다.

친구와 함께, 연인과 함께, 가족과 함께 자연 속에서 하룻밤을 보내는 사람들을 둘러보면서 과연 행복은 멀리 있는 게 아니라는 생각이 들었다. 그리고 다시 한 번 자연의 힘을 느꼈다. 지쳐 있던 몸과 마음을 쉴 수 있게 하는 곳의 힘, 복잡한 머릿속을 정리해주는 곳의 힘, 일단 나오면 '좋다'는 말이 마구 나올 수밖에 없게 하는 바로 그런 자연의 힘.

사실 나는 고가의 캠핑 장비를 과하게 갖춘 사

람들을 마냥 좋은 눈으로 보지는 않았다. 이른바 '장비병'에 걸린 사람들을 보면서 피로감을 느꼈고 심지어 거부감도 들었다. '저렇게 먹고 저렇게 잘 거면 뭐 하러 집을 나오지?' 그런 내가 친구들과 캠핑을 하니 답답할 때, 쉬고 싶을 때, 뭐라도 정리하고 싶을 때, 여기만 아니면 좋겠다는 생각이 들 때, 언제라도 훌쩍 도심을 벗어나 자연에 안길 수 있도록 텐트 한 동 정도는 있어야겠다 싶었다. 내가 선호하는 산행이 있듯, 그들도 선호하는 캠핑이 있는 거겠지 하는 쪽으로 생각이 기울어졌다.

　　이렇게 나도 캠핑에 입문하는 건가? 아직까지는 규모든 장비든 가볍고 간단하고 간편한 쪽이 좋다. 북적이는 유원지에서의 오토캠핑보다는 인적 드문 야산에서의 백패킹에 끌리고, 있으면 유용한 장비보다는 없으면 절대 안 되는 장비만을 선택해 산속에서 평온한 하룻밤을 보내고 싶다. 그러려면 겁도 없어야 할 테고, 장비도 가벼워야겠지. 그런데 무게가 가벼워지면 가벼워질수록 가격은 무거워지는 현실은 어떻게 감당해야 할까? 아직 캠핑의 세계에 발을 들이지 않은 것을 다행으로 여겨야 할까?

산을 오르는 마음

휴일에 산을 오르면 남녀노소 다양한 사람들이 산을 찾는다는 사실에 새삼 놀라곤 한다. 그리고 또 놀란다. "안녕하세요." "반갑습니다!" 반대편에서 내 쪽을 향해 크고 명랑한 안부가 건너오기 때문이다. 산에서는 초면인 사람들끼리 자연스럽게 인사를 주고받는다. 도시에서는 웬만해서는 잘 일어나지 않는 일. 생각해보면 이상하기도 하고 쑥스럽기도 한 일. 이런 인사에 누구도 정색을 하고서 "누구시죠?" "저 아세요?" 되묻지 않는다.

"위에 길이 미끄러우니 조심하세요." "거의 다 오셨으니 조금만 더 힘내세요." "10분만 올라가시면 정상이에요." 난데없는 인사에 이어 산에서는 우려와 격려의 말들도 쉽게 오고 간다. 그뿐인가. 몇 시부터 올라왔는지, 어디서부터 올라왔는지, 몇 시간째 오르고 있는 건지, 어디까지 갈 건지…. 이런 넉살 좋은 대화도 오간다. 경우에 따라 소란스럽게 느껴지기도 하는 이 말들이 실은 '나는 당신이 반갑다'는 말과 다르지 않다는 것을 나는 산을 오르고서 한참 후에야 알았다.

홀로 오르는 산속에서 느껴지기 마련인 불안함과 두려움을 덜어주곤 했던 말들, 같은 방향을 바라보며 오르는 사람들과 마주보며 다가오는 사람들에게 얻을 수 있었던 친밀감과 동질감의 말들. 그 다정한 말들은 산을 달릴 때 더욱 힘이 실렸다. 먼저 가라며 길을 비켜주고 한쪽으로 물러나는 배려에 더해 "대단하세요" "멋지십니다" 같은 감탄의 말들이 겹쳐지면, 달리는 나를 따라 내 등 뒤의 누군가가 갑자기 덩달아 함께 달리는 상황이라도 이어지면, 정말이지 이 산을 끝까지 힘내서 잘 달려보겠다는 각오마저 들었다.

최근에는 젊은 러닝 동호인들도 상당히 늘어 산을 달리는 모습이 꽤 친숙해졌고, 산을 걷는 사람들과 산을 뛰는 사람들 사이의 소통도 원만해졌다. 하지만 2, 3년 전만 해도 그렇지 않았다. 산을 걷는 사람들은 뛰는 사람들을 곱지 않은 시선으로, 도통 이해할 수 없다는 표정으로 바라봤다. 대놓고 푸념과 핀잔을 보내기도 했다.

산을 걷는 사람들은 산을 뛰는 사람들에게 말하곤 했다. 산은 그런 곳이 아니라고. 고요한 대자연으로서 산을 경외하며 산책하는 고고한 사람들에게 정신없이 산을 달리는 사람들은 그저 방만하면서 경망스럽게 보였을 수도 있겠다.

산에 옳고 그름이 있을까. 산을 오르는 방법은 여러 가지다. 각각의 방법은 평화롭게 공존해야 한다. 정말 산을 좋아한다면 내가 모르는 산도 있음을 인정해야 한다. 나와는 다른 타인의 산을 존중하는 자세도 필요하다. 내가 아는 산만이 옳다는 아집이 산이라는 공간에 어울리는 마음일까. 산은 경건하고 진지하게 오르는 곳이라고 단호하게 말하는 사람들의 심중에는 대체로 자기가 오르는 산이 옳다는 강한 신념이 있는 것 같다.

산에 대한, 산악인에 대한 내 생각도 시간이 흐르면서 조금씩 바뀌고 있지만 내가 산악 잡지에 입사해 처음 마주한 산악계는 '남성 산악인'들이 구축한 '히말라야 원정'의 세계였다고 해도 지나치지 않았다. 산에 다니지 않는 사람도 이름만 들으면 아는 엄홍길, 고 박영석, 한왕용, 김재수 그리고 이들의 뒤를 이어 고 김창호, 김미곤, 김홍빈 같은 후배 산악인들이 8천 미터급 14개봉 등정에 도전했다.

에베레스트를 비롯해서 K2, 칸첸중가 같은 해발 8천 미터 넘는 산들을 한데 묶어 '8천 미터 14좌'라 부른다. 모두 아시아 대륙의 히말라야 산맥, 카라코람 산맥에 솟아 있다. 취미 수준을 넘어 스스로 '산악인'이라고 생각하는 사람이라면 한 번쯤 정상에 오르길 꿈꾸는 산들이다. 그러나 늘 죽음이 도사리고 있는 곳이기도 하다. 춥고 바람은 매섭고 산소는 희박하다. 누구나 쉽게 오를 수 없는 곳이기에 '도전', '모험'이라는 말이 어울린다.

나야 산악 잡지사에서 일하고 그런 성취를 칭송하는 사람들로 둘러싸인 환경에 있었지만 모든 사람이 고산에 도전하는 산악인들을 동경하고 예찬하는 건 아니었다. 굳이 그런 높고 춥고 위험한 산을 오르는 이유를 모르겠다는 사람도 있었고, 몇 개 봉우리를 올랐느냐, 얼마나 험하게 올랐느냐 하는 기록 경쟁을 달가워하지 않는 사람도 있었다.

그런 세간의 시선과는 별개로 알피니즘이라는 말은 산을 사랑하는 사람이라면 누구든 가슴에 품는 하나의 사조였다. 높은 산, 새로운 산, 험한 산에 오르는 행위 자체에서 기쁨과 의미를 찾는다는 이 말은 산에서의 순수한 모험을 향한 인간의 설렘을 담은 말일 것이다.

그런데 히말라야 8천 미터급 14개봉 등정이라는 숙원이 어느 정도 이루어졌기 때문일까. 알피니즘은 조금 다른 기로에 놓이게 되었다. 산소통을 써서 정상에 오르고, 현지 가이드와 포터를 여럿 고용해 산을 오르는 것이 알피니즘 정신에 맞지 않는다는 주장이 제기되면서였다. 게다가 등정 중에 사용한 산소통은 무게 때문에 산 아래로 가져와 처리되지 않고, 대체로 하산 중 등산로에 버려지기 마련이었다. 또 다수의 현지 가이드와 포터를 고용하게 될 경우 산에서 다량의 연료가 발생하기 마련이었다.

어떤 방법을 택하든 정상에 오르기만 하면 된다는 등정주의(登頂主義)가 아닌 매순간의 어려움을 극복하며 등반하는 과정에 의미를 두는 등로주의(登路主義). 어느새 산악인들은 탐험이나 모험 너머의 가치와 윤리를 향했다. 최소한의 등정 인원, 장비, 식량으로 새롭게, 다르게, 가볍게 그리고 자연적으로 산을 오르기 시작했다.

내 관심 분야도 차츰 넓어졌다. 산에 대해, 산에 오르는 방식에 대해, 산을 오르는 사람들에 대해 알아가면서 자연스럽게 여성들의 산이 궁금해졌다. 등산화를 비롯한 용품 시장에서는 이미 변화가 느껴졌다. 얼음이 잔뜩 들러붙은 수염을 하고 거친 숨을 몰아쉬며 고산에 오르는 강인한 남성 대신 산뜻한 의류, 가벼운 신발로 사뿐하게 산을 오르는 여성이 주 모델로 등장하는 광고가 눈에 띄게 늘었다. 여성의 여가가, 그중에서도 운동이 이렇게 주목받은 때가 있었나 싶은 변화였다.

물론 여성이라고 해서 취미의 세계에만 머무르지 않았다. 1세대 국내 스포츠클라이밍 강자 고 고미

영이 대표적이다. 고미영은 고향의 선운산을 무대로 활약하며 국내 스포츠클라이밍 대회의 거의 모든 시즌에서 우승을 거머쥐었다. 그렇게 계속 탄탄대로를 걸었어도 좋으련만 높은 산을 갈망하며 2006년 돌연 히말라야 8천 미터급 14개봉 등정으로 목표를 선회했다. 그리고 해를 거듭하며 원정을 이어가던 중 안타깝게도 2009년 열한 번째 산인 낭가파르바트에서 하산하다가 실족사했다.

대한민국 대표 여성 산악인으로는 세계 여성 최초로 히말라야 8천 미터급 14개봉을 완등한 오은선이 있다. 그러나 2009년 오은선이 열 번째로 오른 칸첸중가가 정상이 아니라는 의혹이 제기되어 오래도록 논란이 이어졌고, 오은선은 2020년 박사논문을 통해 칸첸중가 등정에 대한 자신의 입장을 정리했다. 그리고 오은선을 마지막으로 10년이 지난 지금까지 우리나라에서 히말라야 8천 미터급 14개봉 등정에 도전하는 여성 산악인은 더 이상 나타나지 않고 있다.

하지만 요세미티 엘캡, 아르헨티나 피츠로이, 유타 인디언 크릭 크랙 등을 등정한 이명희, 바이칼호 723킬로미터를 단독 종단한 김영미 등이 활발한 활동을 이어가고 있다. 스포츠·아이스클라이밍 종목에서 세계 수준으로 꼽히는 신운선, 김자인, 송한 나래, 서채현 등도 대한민국 여성 산악사에서 빠뜨릴 수 없다.

몇 해 전 여성 산악회 등산 행사에 참석해 함께 발맞춘 그들에게 물었다. "왜 하필 산이었나요?" 해 맑은 웃음소리 사이로 여러 대답이 쏟아졌는데 그중 누군가가 이렇게 대답했다. "날카롭게 치솟은 거벽에 매달려 있으면 세상 모든 이름과 역할을 초월해 비로소 나 자신이 된 것 같아요."

근교의 산이든 히말라야 고산이든, 산을 오르는 이들은 대개 운동으로서, 스포츠로서 혹은 생업으로서 산을 오른다. 그리고 저마다 목표를 가지고 산을 오르는 사람은 보는 이의 가슴을 뜨겁게 한다. 그런데 내 마음에 가장 오래 남아 있는 이들은 따로 있다.

설악산 서쪽, 강원도 인제 백담사에서 설악산 정상 대청으로 가는 길의 해발 1200미터 넘는 험지에는 바위에 둘러싸인 봉정암이라는 암자가 있다. 부처님 몸에서 나왔다는 진신사리를 모신 한국의 다섯 적멸보궁 가운데 하나. 한국에서 가장 높은 곳에 있는 암자. 이런 수식어 때문일까. 백담사에서만 왕복 20킬로미터가 되고, 눈이 와 차가 다니지 못하는 겨울에는 인제 용대리에서부터 왕복 40킬로미터 되는 그 억척스러운 길을 마다하지 않고 오르는 노인들의 모습은 그 모습을 본 사람이라면 쉽게 잊을 수 없을 것이다.

장비를 두루 갖춘 젊은 장정도 오르기에 벅찬 가파른 돌너덜을 온몸으로 기어 오르고, 저러다 필시 몸이 상하겠다 싶은데 내일 죽어도 여한이 없다는 듯 필사적으로 오르고, 전생의 업보, 현생의 평화, 내세의 안녕, 뭐가 그리 간절하기에 저 높은 곳에서 기어이 기도를 하겠다고 오르는가 싶은 백발의 노인들을 어떻게 잊을까.

8천 미터 봉우리를 오르는 이들도, 또 봉정암을 오르는 이들도, 산을 오르는 마음은 서로 닮지 않았나 하는 생각이 든다. 지금 이 순간이 아니면 안 된다는 마음. 지금 이 순간이 마지막인 듯, 다시는 오지 못할 듯, 내일 죽어도 여한이 없다는 듯 최선의 힘을 다해 산에 오르는 것이다. 그렇게 오른 끝에야 속세에서는 쉽게 만날 수 없고 닿을 수 없는 궁극의 무언가 앞에 비로소 당도하게 된다. 생의 희로애락을 소환하며 담담하게, 묵묵하게 오르내리는 길 위에서 우리는 생의 어느 순간보다 영험해지고 간절해진다. 그런 마음이 어디 높은 산, 험한 산을 오르는 사람에게만 있을까.

정상을 향한 마음만으로는 산에 오를 수 없다. 그렇게 절박하게 오른 산에서 내려와야만 우리는 다음 삶을 살아갈 수 있다. 그래야 자신이 경험한 산의 시간을 세상에 전하며 무채색의 일상을 살아가는 누군가에게 또렷한 희망과 용기를 건넬 수 있다. 할 수 없는 세상에서 할 수 있는 삶을 말할 수 있다.

세상에서 가장 멋진 산행은 'From Home To Home(집에서 집으로)'이라는 말이 있다. 살아 있는 동안 늘 산과 함께할 수 있는 삶 그리고 사랑하는 사람들과 함께할 수 있는 삶이 산을 사랑하는 사람으로서 가장 영광스러운 삶이 아닐까.

그런 마음을 알기에 우리는 산에 올라가고 내려오며 서로에게 반가운 인사를 건넬 수 있는 것이 아닐까. 생전 처음 본 사람, 곧 스쳐 지나갈 사람이라도 마치 서로를 알아보는 것처럼.

'떼산'과 '혼산'

지금도 가끔 스물여섯 살의 아침이 떠오른다. 매주 금요일이면 상체만 한 배낭을 호기롭게 짊어지고 출근길에 오르던 그때의 내 모습이 말이다. 출판단지로 출근하는 사람들을 빼곡히 태우고 서울 합정역에서 경기도 파주로 향하는 2200번 광역버스 안에서 누가 봐도 '저 오늘 산에 가요'라고 온몸으로 알리고 있는 나에게 눈길을 주지 않기도 어려웠을 것이다. 나를 향한 다른 사람들 시선도 시선이지만 등산 가는 차림으로 회사에 출근하는 건 나에게도 꽤 번거로운 일이었다.

그러나 저녁 6시 30분에 퇴근해 8시까지 시간에 맞춰 산악회 버스에 오르려면 어쩔 수 없는 일이었다. 게다가 산악회가 집결하는 장소는 주로 합정역에서 지하철 2호선으로 반대쪽에 있는 종합운동장역이었다. 버스를 세울 넓은 공간이 있으면서 지방으로 빠지는 간선도로가 가깝다는 지리적 이점이 있는 곳. 그래서 금요일 저녁만 되면 그곳에는 서울권에서 출발하는 산악회 버스 수십 대가 정차해 있었다.

여름 지리산처럼 나는 일촌 산악회 사람들과 함께 가을 단풍 산행과 겨울 설산 산행에 입문했다. 산이 좋아 모인 사람들은 인심도 넉넉했다. 제 몸 하나 챙기기에 급급하고 때로는 그조차도 제대로 챙기지 못하는 초보 산꾼인 나와 달리, 몇 해에 걸쳐 산에 다닌 사람들은 원 플러스 원 급으로 거의 모든 장비의 여분을 챙겨 와 장비가 없어 난감한 사람들에게 도움의 손길을 내밀었다. 한겨울 산행에 크램폰도 없이 등산화만 달랑 신고 갔는데 그런 나를 본 선배가 한숨을 푹 쉬고는 자기 왼쪽 발에 걸친 크램폰을 벗어 내 발에 씌워준 적도 있다. 그렇게 크램폰을 한쪽 발씩 나눠 찬 덕에 난생처음 산 너머 떠오르는 새해 일출을 봤다.

산에서 만나는 새해 일출에 버금갈 만큼 내가 특별하게 기억하는 순간이 있다면, 바로 새해를 산에서 맞이하려고 탑승한 산악회 버스 안에서 보낸 12월 31일 밤이다. 퇴근하고 부랴부랴 2호선 종합운동장역에 도착해 그곳에 정차해 있는 수많은 산악회 버스 중 내가 속한 산악회의 버스에 올라타면 이번 산행에 동참한 초면의 누군가와 인사를 나누기 마련이다. 그러고 나면 자연스럽게 무슨 일을 하느냐, 어디 사느냐, 산은 언제부터 다녔느냐 하는 호구 조사로 이어진다.

퍽 어색하면서도 살갑고, 조심스러우면서도 호의적이어서 여간 흥미롭지 않은 시간. 산에서 주말을 보내려고 퇴근과 동시에 헐레벌떡 달려와 모인 서로를 보면서 산을 좋아하는 사람, 그러니까 '같은 과'라는 동질감을 느끼는 것이다.

호구 조사가 어느 정도 마무리되면 8시 30분, 산행지를 향해 버스가 출발한다. 40인승 버스는 만원이다. 시간에 맞춰 모이기에도 빠듯한 시간이니 저녁 식사는 달리는 버스 안에서 해결한다. 산악회 운영진이 준비한 김밥을 늦은 저녁으로 먹으며 산악회 회장의 산행 브리핑을 듣는다.

9시, 버스 실내의 불이 모두 꺼지고 취침 모드에 들어간다. 목적지가 강원도에 있는 산이라면 두 시간에서 세 시간, 경상도나 전라도에 있는 산이라면 네 시간에서 다섯 시간이 걸린다. 밤을 지워가며 산행을 시작하려면 무조건 버스에서 잠을 자둬야 한다. 핸드폰 알람을 11시 40분쯤에 맞추고 잠시 눈을 붙인다. 11시 40분, 맞춰놨던 진동이 울린다.

20분밖에 남지 않은 올 한 해. 산악회 버스 안에서 나만의 송구영신 의식을 시작한다. 가족, 친구, 동료, 그동안 고마웠고 그리웠던 사람들을 한 사람 한 사람 떠올리며 전화번호 리스트를 띄워 부지런히 감사의 메시지를 보낸다. 그러다 11시 58분, 59분, 59분 50초…, 5, 4, 3, 2, 1, 0시 0분!

버스 안 어둠 속 여기저기서 새해 복 많이 받으라는 안부가 떠들썩하게 들려온다. 새로운 미래를 향해, 새로운 태양을 향해 부지런히 고속도로 위를 달리는 버스 안에서 다가올 한 해를 기대한다. 그리고 가고 싶은 곳, 하고 싶은 것을 하나하나 떠올리며 소원을 빈다.

그렇게 도착한 산행지 주차장. 삼삼오오 무리 지어 이야기꽃을 피우며 몸을 데워 임도를 걸어가다 보면 어느 순간 등산로의 검은 입구가 보인다. 이곳부터는 일렬로 각자의 산행을 시작한다. 초반은 가파른 오르막이라 대체로 모두가 말을 잃고 조용하다. 그러다 어느 정도 고된 경사를 치고 올라선 능선 위에서는 조금만 쉬어가자며 멈춰 서서 땀도 닦고 물도 마시고 주섬주섬 간식도 꺼내 먹는다. 어디선가 ABC초콜릿이나 미니자유시간을 봉지째 뜯어 여기저기 돌리는 인심 넉넉한 '오빠'들과 '언니'들이 나타난다.

당시 20대 중반이라는 비교적 어린 나이에 등산에 필요한 제대로 된 의류도 장비도 없이 오직 불타는 열정 하나로 산을 찾았던 나는 유명 등산 브랜드의 값비싼 의류와 장비를 갖춘 '오빠'들, 풀 메이크업에 알록달록 화사한 등산 의류를 위아래로 차려

입은 '언니'들 사이에서 어디에도 속하지 못하고 물 위를 부유하는 기름처럼 겉돌았다.

그럼에도 내가 주말마다 이들과 동행했던 건 60리터 배낭을 먹을거리로 가득 채워 오는 오빠들의 든든함과 '나만 따라오라'는 언니들의 다정함이 좋아서였다. 정말이지 이들만 따라가면 아무리 험하고 먼 산이라도 다 가볼 수 있을 것 같았다. 이제는 그립고 아련한 '떼산(떼로 무리지어 산에 가는 것)'의 추억이다.

떼산의 추억을 새삼 떠올리는 건 시간이 흐르고, 산에서의 경험이 쌓이고, 산에 대한 나의 생각과 주관이 견고해지면서 산악회 활동이 서서히 뜸해졌기 때문이다. 히말라야에서 긴 여름을 보내고 온 뒤부터 나는 '혼산(혼자 산에 가는 것)'이 더 편하고 좋아졌다. 산행의 모든 과정을 내가 선택하고 내가 결정해야 한다는 점이 마음에 들었다.

무엇보다 산에 있는 그 시간만큼은 호젓하고 차분하고 고요하길 바라는 마음에서다. 누구나 그렇듯 나 또한 평일 아침 출근해서 퇴근할 때까지, 거기에 덧붙여 퇴근 후 업무 미팅과 저녁 약속까지, 늘 수많은 사람과 만나 부대끼고는 한다. 그리고 그사이에는 언제나 수많은 말이 오고 간다.

나에게 산은 그런 생활로부터 벗어난 공간이고 시간이다. 아무 말 없는 산을 혼자서 걷다 보면 마음 저 아래 묻어두었던 생각들이 하나둘 떠오르기 시작한다. 미뤄놓은 생각, 답 없는 생각, 잊어야만 하는 생각, 결단을 기다리고 있는 생각, 그 밖에 또 수많은 생각….

그래서 산에서 답을 찾느냐고 묻는다면, 그렇기도 하고 아니기도 하다. 산에서 얻은 어떤 마음이 행동으로 이어지는 경우도 있다. 반면 아무리 생각해도 잘 모르겠어서 그대로 덮어둔 경우도 많다. 뭉쳐 있던 생각을 꺼내고 펼치는 것만으로 시원하고 후련한 감정이 든다면 그날의 산행은 성공이라 여긴다. 내 안의 나를 만난다는 건 이런 경우를 두고 하는 말일 테니까.

이때의 나는 바쁜 일상 속에서 미처 돌보지 못한 나이기도 하고, 거미줄처럼 맺은 타인과의 관계 속에서 지치고 소외된 나이기도 하다. 홀로 오른 혼산에서는 그런 나를 만날 수 있다. 그리고 그렇게 힘을 얻는 나는 다시 돌아온 생활에서 또 한 번 씩씩하게 살아갈 수 있다.

마냥 혼산만을 고집하는 건 아니다. 떼산이 주는 반가움, 활기참, 따뜻함을 아주 잘 안다. 물론 방송이라도 하는 건지 최신 가요를 쩌렁쩌렁 틀어놓고 둘러앉아 산이 떠나가라 깔깔거리며 술잔을 돌리는 무리와 마주칠 때면 저절로 눈살이 찌푸려지는 건 어쩔 수 없다. 부부인지 친구인지 애인인지 관계를 읽을 수 없는 분위기 야릇한 중년 남녀 무리를 만날 때도, 딱 봐도 '뽕 배낭'을 멘 게 분명한데 갖은 허세를 부리며 여기저기 불필요하게 참견하는 등산 아재들의 맨스플레인을 만날 때도 불쾌해지기는 마찬가지다(커다랗고 무거워 보이는 배낭을 메고도 산을 거뜬히 오른다고 과시하지만, 사실은 매트리스나 패딩 같은 가벼운 것만 잔뜩 넣은 배낭을 멘 사람을 가리켜 '뽕 배낭' 멨다고 한다.)

하지만 이렇게 불편한 풍경마저도 이제는 애틋한 추억이 될지도 모르겠다. 소위 '힙'한 젊은 등산 크루들이 늘고 있기 때문이다. 타인과의 선을 결코 넘지 않는 그들의 '쿨'한 등산 문화와 마주할 때면 참 멋지구나 싶으면서도 마음 한편으로 쓸쓸함이 깃드는 건 왜일까.

수많은 '오지라퍼(선의로 타인에 대한 배려와 관심이 무한한, 오지랖 넓은 사람들)'와 함께했던 나의 첫 등산 크루가 문득 그리워져 거의 10년 만에, 비밀번호가 떠오르지 않아 몇 번이나 애를 먹은 끝에 겨우,

싸이월드 일촌 산악회 사이트에 접속했다.

한 손으로 턱을 괴고 한 손으로 마우스 스크롤을 내리면서 과연 누가 들어올까 싶은, 아무 흔적도 없는, 적막만이 흐르고 있는 산악회 페이지를 둘러보고 있으니 마치 폐허가 된 고대 도시에 되돌아온 전사의 기분이 들었다.

이제는 네이버 카페로 커뮤니티를 옮긴다는 글을 마지막으로 그 어떤 산행 공지도, 산행 사진도 올라오지 않는 빈 방. 다들 어디선가 잘 살고 있겠지? 정상에 서서 해사하게 웃고 있는 사람들의 오래전 사진을 보고 있으니 환청처럼 그 시절 그들의 웃음소리가 들리는 것 같았다.

꽃 피는 4월, 때가 때인 만큼 같이 산에 가자는 친구들 연락이 잦았다. 그러나 이런저런 일정 탓에 섣불리 어느 약속도 잡지 못했다. 그러다 또 기온이 떨어지고 찬바람이 불더니 거리에 벚꽃잎이 깔리는 게 아닌가.

이렇게 봄을 보낼 수 없었다. 5월을 며칠 앞두고 영남알프스에 올랐다. 모처럼 사람들과 부산하게 산을 오르며 그동안의 사정을 나누니 역시 떼산의 즐거움이 이거지 싶었다. 또 무리에서 떨어지지 않으려 안간힘을 쓰는 동안에는 겨우내 잠들어 있던 근육들이 깨어났다. 비엔나 소시지처럼 줄지어 오르는 우리 일행을 제치고 고독한 혼산객 한 사람이 구름에 달 가듯 유유히 멀어졌다.

내가 가장 나다운 곳

평일에는 전국의 산을 취재하고 주말에는 산을 달리는 성덕의 생활도 어느덧 6년을 채워가고 있었다. 근속한 직장인이라면 3년, 5년 주기로 빠진다는 슬럼프도 소리 없이 지나갔다. 매달 다른 산을 오르고 다른 기획을 하고 다른 원고를 써야 했으니 지루함이나 권태감이 비집고 들어올 틈은 없었다. 아는 것보다 모르는 것이, 가본 곳보다 가보지 못한 곳이 더 많았다. 그래서 찾아보고 공부하고 읽고 느끼고 쓰는 동안 일흔 번 넘게 마감을 했다. 내 책장에도 그만큼의 잡지가 꽂혔다.

그렇다고 마감하는 시간이 마냥 즐거웠던 것만은 아니다. 컴퓨터 모니터 앞에서 어깨와 목은 굳어갔다. 외근과 야근으로 돌보지 못해 집은 창고처럼 방치되어 온기를 잃어갔다. 주말 근무가 잦아 가까운 지인들의 경조사를 생략하는 무심함은 예사였다. 문화 생활과는 담을 쌓은 지 오래였다. 나의 세계는 산속에서 넓어지고 있었고 다른 의미에서 좁아지고 있었다. 하지만 개의치 않았다. 다른 어떤 것도 나에게 산에서의 시간보다 중요하지 않았다.

2010년대 초반은 산악계 역사를 통틀어 괄목할 만한 시기다. 등산 인구 2천만 명, 등산이 어엿한 국민 취미로 자리 잡은 덕분에 아웃도어 업계는 전례 없는 호황을 맞았다. 노스페이스, 블랙야크, K2, 네파 같은 아웃도어 업체들은 연 매출 몇 천억을 기록했다. 업체의 지원 아래 산악인들의 해외 원정도 눈에 띄게 잦았다. 원정에 성공한 산악인들을 모델로 광고를 만들어 브랜드를 홍보했고 그 영향으로 서민들 사이에서도 고가의 등산복 열풍이 불었다. 그 덕에 앞에서도 말했듯 뒷산을 갈 때도 고산 원정급 옷을 입는 진풍경이 연출되기도 했다.

산악 잡지도 덩달아 호사를 누렸다. 4백 쪽 가깝게 늘어난 지면에는 브랜드 광고가 붙은 홍보 기사, 어느 것 하나 버릴 것 없는 정보가 가득한 기획 기사와 르포 기사가 쉬지 않고 연재됐다. 불황이 아닌 적이 없을 만큼 종이 매체는 늘 어려웠지만, 그 시절 산악 잡지는 달랐다. 월간 「사람과 산」, 월간 「산」, 월간 「MOUNTAIN」 같은 정통 산악 매체가 세 개나 됐고 신종 아웃도어 잡지들도 속속 창간되었다. 산악계 소식을 발 빠르게 전하기 위한 매체들의 경쟁도 볼 만했다.

가까이서 보면 이렇게 다달이 변화무쌍한 듯해도 멀리서 보면 다람쥐 쳇바퀴 도는 날들, 이 작은 영화가 과연 언제까지 계속될지 가끔은 궁금했고 나와 동료들은 언제까지 이 일을 할 수 있을지 조금씩 걱정이 되기도 했다. 하지만 매달 돌아오는 취재와 마감을 치르다 보면 그런 불안은 금세 잊혔다. 어제 같은 오늘, 오늘 같은 내일을 살아내는 데 급급하다 보면 더 먼 미래를 생각하거나 예비하는 일은 남의 일처럼 요원하게만 느껴지기 마련이다.

매년 잡지 열두 권을 만들면서도 정작 내 일기 한 줄 쓰지 못하는 생활을 생각하면 씁쓸했다. 출장 이 잦아 밖에서 보내는 시간이 많다 보니 매달 집으로 날아오는 고지서의 공과금은 2천 원을 넘지 않았다. 어린 시절 추억을 나눈 오랜 친구들이 아니라 산에서 알게 된 사람들과 보내는 시간이 점점 늘어났지만 친분을 이유로 취재 요청을 거듭할 때면 나는 누구인지 인간관계에 회의감도 들었다. 그럼에도 모두에게 좋은 사람으로 남고 싶어서 아무 거절의 말도, 타협의 말도 꺼내지 못했다.

시작이 있으면 끝이 있는 법. 복잡한 그즈음의 내 마음을 읽기라도 한 것처럼 이 밝고 환한 세상에 영영 오지 않을 것 같은 어둠이 조용히 그림자를 드리웠다. 어마어마한 거품과 물결이 빠지면서 아웃도어 브랜드들이 조금씩 하향 곡선을 타기에 이르렀다. 해외 수입 브랜드들부터 타격을 받았다. 임직원 인원 감축, 브랜드 규모 축소에 이어 폐업하는 업체들도 속속 생겼다.

아웃도어 브랜드들의 광고비로 운영되고 발행
되던 산악 매체들이 휘청거리는 건 당연한 수순이었
다. 차마 상상하지 않았고 미처 준비하지 못한 일들
이 느리지만 정확하게 일어났다. 동종 업계의 매체
하나가 10여 년 역사를 접고 폐간하기로 결정했다는
소식을 들었을 때는 그래서 놀랍지도 않았다. 업계
가 휘청휘청 흔들리고 있음을 나 역시 하루하루 피
부로 느끼고 있던 터였다. 위기를 체감한 지 1년도
채 지나지 않았는데 잡지 지면은 3분의 1이 줄어 있
었다.

그럼에도 '살아남자'는 일념으로 동료들과 의
기투합했다. 지나가는 소나기 같은 거라고, 그때까
지 잘 버티자고, 분명 좋아질 거라고 서로가 서로에
게 말했다. 터무니없는 희망고문은 아니었다. 이 세
상에 산이 있는 한 우리는 일할 수 있고 존재할 수
있다고 믿었다. 순수하고 우직하게 산을 좋아하는
마음이 우리 안에 건재하다면, '독자'라는 이름으로
어딘가에서 이 마음을 알아주고 응원하는 사람들이
있다면, 매달 잡지 한 권을 만드는 일이 뭐 그리 어
려울까 싶었다. 지금 생각하면 그때의 우리는 알고
도 모르는 척했던 건 아닐까 싶다.

재정난으로 생활이 힘들어지는 건 견딜 수 있었다. 애당초 안락하고 편안한 생활이라는 건 부재했으므로. 매달 이곳에서 저곳으로 떠돌며 생활하던 유목민에게 집은 베이스캠프 이상도 이하도 아니었다.

　　다만 산을 대하는 마음이 힘들어지는 건 견딜 수 없었다. 재정이 감축되니 예전처럼 활발하게 취재를 다니는 데 힘이 부쳤다. 잡지를 살리려면 수익이 필요했다. 그러나 모두가 어려운 시기에 스러져가는 업체들을 찾아가 영업을 하고 광고를 따는 일은 쉽지 않았다. 서로 이익을 내며 지속 가능한 상생 방법이 있을까 고민했지만 어떻게 접근해야 할지 깜깜했다. 더불어 SNS가 활발해지면서 매체로서 잡지는 점점 힘을 잃어갔다.

　　#산스타그램의 시대가 열렸다. 산악 잡지가 아니어도 사람들은 웹과 앱 어디서든 산에 관한 정보를 얻었다. 대다수 아웃도어 브랜드들이 광고비를 아끼고 줄이려고 자체 채널을 만들고, 인플루언서들을 섭외해 제품 콘텐츠를 홍보했다. 잡지가 아니어도 너무 잘 돌아가는 세상에서 잡지 본연의 힘을 붙잡고 어떻게든 이 위기를 헤쳐나가고 싶었다. 하지만 그럴수록 어설픈 성과와 함께 못난 마음만 쌓여갔다.

오직 한 달의 발행을 목표로 근신하는 날들 속에서 내 안에는 여러 번민이 밀물과 썰물처럼 들어왔다 빠져나갔다. 어떤 순간이 와도 이 자리에서 모든 것을 함께 지켜야 한다는 마음 그리고 다 놓아버리고 도망가고 싶다는 마음. 두 개의 마음이 내 안에서 부딪힐 때면, 역시 산으로 갔다. 지금 내가 갈 수 있는 곳이 이곳밖에 없다는 생각이 들면 서러웠다.

그즈음 한 문화 잡지로부터 함께 일해보자는 제안이 왔다. 한 달 가까이 고민했다. 산악 잡지에서 보낸 시간이 나를 그리로 이끄는 것 같다가도 남은 동료들을 생각하면 미안했다. 산이 아닌 다른 건 생각해본 적이 없었다. 하지만 어느새 30대 중반, 새로운 영역에서 일하고 배울 수 있는 기회는 나에게도 지금뿐인 것 같았다. 일과 삶에 대한 호기심과 에너지가 아직 남아 있을 때 이제까지와는 다른 그림을 그려보고 싶었다. 나는 나에게 찾아온 기회의 손을 잡아보기로 했다.

나는 나에게서 소중한 것을 지키고 싶었다. 좋아하는 것을 마음의 첫 번째 자리에 둘 수 있도록, 내가 정말 지치고 힘들 때 좋아하는 것 뒤로 숨을 수 있도록 잠시 돌아가기로 했다. 일은 일이고 산은 산일 뿐 내 인생에 달라지는 건 없다고, 내가 산을 떠나지 않는 한 산은 언제나 그 자리에 있다고 스스로 다독였다. 그리고 부디 앞으로 펼쳐질 삶에서는 건강한 질서와 균형을 찾을 수 있기를, 그 사이에서 내가 숨쉴 틈을 만들 수 있기를, 그 틈에서 내 마음의 산을 오를 수 있기를 기도했다.

2017년 11월 3일 금요일, 마지막 근무일인 그날도 평소와 다르지 않았다. 창간 28주년 기념행사가 치러진 날이었고 큰 행사를 준비하느라 분주하게 일주일을 보낸 나머지 동료들에게 제대로 된 작별 인사도 건네지 못했다. 그리고 이틀 뒤 문화 잡지사로 출근했다.

새롭게 시작한 생활에 나는 빠르게 적응해갔다. 깊은 고민 끝에 내린 선택이었던 만큼 이제부터 내가 얻을 수 있는 것에 기대하기로, 잃을 수밖에 없는 것에 의연하기로 다짐했다. 퇴사 후 조금도 쉬지 않고 바로 업무에 투입돼 벅차기는 했지만 매달 발행 날짜가 정해져 있는 잡지 앞에서 여유는 없었다. 새로 만난 동료들과 호흡을 맞추며 한 차례 마감을 치르고 나니 훌쩍 한 달이 지나갔다. 낯선 환경에서 비롯되기 마련인 어수선함도 한 권의 잡지가 손에 쥐어지자 누그러졌다.

이직한 문화 잡지사에서 나는 잡지 두 종을 만

들었다. 그러는 틈틈이 제약회사 사보, 동물권 NGO 사보도 만들었다. 직접 현장에 나가 취재하는 일보다 내근을 하며 외고를 교정보는 일이 많았다. 좋은 글을 읽는다는 건 좋은 일이었다. 좋은 글을 쓰기 위해 노력한다는 건 더 좋은 일이었다.

25년이 훌쩍 넘은 이 전방위 문화 잡지는 참신하고 재미있는 기획으로 1990년대 후반과 2000년대 초반에 선풍적이고 독보적으로 대중들에게 사랑을 받았고 그 인기와 명성을 여전히 유지하고 있었다. 나 역시 열렬한 독자 중 한 사람이었다. 대학생때는 물론이고 산악 잡지를 만들 때도 매달 빠지지 않고 챙겨보며 글감을 얻던 잡지였다. 어렸을 때는 한 번쯤 내 글이 이 잡지 어딘가에 실리기를 바란 적도 있었다.

그렇게 지난날의 나에게 반짝이는 자극을 건네주고 다른 세상을 보여준 잡지가 어떤 과정과 수고를 거쳐 만들어지는지 처음부터 끝까지 두 눈으로 확인하고 두 손으로 직접 만들고 나니 잡지라는 매체에 대한 애정과 믿음은 다시 깊어졌다. 물론 먼발치에서 봤을 때 마냥 크고 빛나 보였던 풍경의 이면과 마주치기도 했다. 세상에 눈부신 면만 있는 것이 아니듯 유려한 문장 뒤에는 그 안에 미처 다 담기지 못하는 지난한 현실이 있기 마련이었다.

인터뷰를 기회로 나 개인으로서는 쉽게 만날 수 없는, 개성과 재능이 넘치는 문화예술인들을 만나는 일도 흥미로웠다. 평소 관심 있었던 영화감독, 뮤지션, 시인, 작가, 교수, 과학자, 일러스트레이터, 사진가, 환경운동가, 여행가 등 문화예술의 넓은 범주 안에서 고유한 작업을 선보이는 사람들을 두루 만나다 보면 세상에는 정말 상상을 초월하는 기발한 사람들이 존재하며 나는 정말 작은 사람이라는 것을, 그동안의 나는 우물 안 개구리였다는 사실을 번번이 확인하곤 했다.

아이러니하게도 세상은 크고 나는 작다는 사실이 위로가 됐다. 새로 시작한 일은 마치 이 세상에 산이 전부가 아니라고 나에게 말해주는 것 같았다. 산이 아닌 산 바깥의 세상을 담아내는 두 권의 잡지와 두 권의 사보를 번갈아 만드는 일도 조금씩 익숙해졌다. 일상의 사이클도 그에 맞춰 바뀌어갔다. 업무가 많은 편이었지만 저녁이 있는 삶에 집착했던 건 아니었다. 잡지를 만들다 보면 부서끼리 협업해야만 하는 과정이 있다는 건 경험으로 알고 있었으니까. 고생 끝에 좋은 잡지가 나온다면 그것으로 지난 한 달의 시간을 보상받는 기분이었다.

회사를 옮기고 나면 산은 취미로 다닐 작정이었다. 그동안 쌓아온 체력이 있으니 일하면서 산에도 가는 생활을 거뜬히 지킬 수 있을 거라고 믿었다. 그러나 이직 후 조금씩 멀어지기 시작한 산과의 거리를 좁히려면 현실 유지 이상의 에너지가 필요했다. 일은 취미처럼 호락호락한 것이 아니다. 일 하나만 하기에도 벅찼다. 더욱이 나에게는 새로운 분야의 일이었다. 잘하려면 더 많은 노력을 들여야 했다. 잘하고 싶었다.

그러자니 산에 가는 일도, 거의 매달 빠지지 않았던 트레일러닝 대회에 출전하는 일도 버거워졌다. 야근과 회식에 시간을 조금씩 내주다 보니 어느 순간 산을 달리는 일 자체가 부담스럽게 여겨졌다. 가끔 바람을 쐬러 올라간 산에서 힘에 부쳐 쉽게 멈춰 서야만 했다. 주말의 산은 조금씩 과거의 일이 되어 갔다. 사무실 테라스 너머로 손에 닿을 듯 바라보이는 대모산도 먼 나라 풍경처럼 다가왔다.

멀어지는 일은 쉬운 일이었다. 가만히 두면 저절로 멀어졌다. 무거운 중력과 무서운 습관 속에서 나는 내가 원한 대로, 나에게 전부였던 산에서 놓여나고 있었다. 하지만 내가 바란 게 이건 아니었다. '어디로든 갈 수 있는 사람이 되고 싶었는데 지금의 나는 어디로도 가지 못하는구나.' 늦은 퇴근길, 지하철 창문의 어둠에 비친 내 얼굴이 나에게 그렇게 말하고 있었다.

그해 문득 여름이 좋아진 건 해가 길어서였다. 퇴근 후 집으로 돌아가는 길에 하늘에서 사라지지 않은 태양을 보고 있으면 안심이 됐다. 하루의 일과를 마치고도 아직 오늘이 다 끝나지 않았다고 생각하면, 집으로 돌아가 내가 할 일이 있다고 생각하면, 하루가 다시 주어진 것처럼 여겨졌다. 그렇게 아직 이 세상에서 사라지지 않은 태양 아래 나는 다시 달리기 시작했다. 오늘만 사는 사람처럼 필사적으로. 그러고 나면 나에게서 멀어졌던 것들이 다시 조금은 곁으로 돌아오는 것 같았다.

나를 둘러싼 안온한 환경 속에서 좋은 글을 읽고, 좋은 사람들을 만나고, 좋은 동료들과 독려하며 함께 만든 잡지가 쌓여가면서 성취감을 느끼기도 했다. 내 선택을 믿으며, 오직 지금 내 앞에 주어진 것들을 생각하고 힘을 내기도 했다.

하지만 그것들로는 채워지지 않는 상실감이 있었다. 그 부족함을 메우기 위해 좋은 영화와 책과 공연을 보고 멋진 사람들을 만났지만 돌아서는 마음은 버겁거나 허기졌다. 그러는 동안 나는 스스로에게 질문했다. 내가 정말 원하는 건 뭘까.

새로운 도전에 대한 설렘으로 충만했던 봄, 두 번 다시 살지 않을 것처럼 뜨거웠던 여름 그리고 비어 있는 모든 자리가 스산하게 느껴지는 가을을 보내면서 나는 조금씩 알 수 있었다. 산이 아니어도 행복한 사람이 되고 싶었지만 나는 산이 곁에 있을 때 더 행복한 사람이라는 것을. 산이 내 삶의 작은 일부이기를 바랐지만 어쩌면 산은 내 삶의 전부일지도 모르겠다는 것을. 그리고 나니 내가 있어야 할 곳이 분명해졌다.

결국 나는 문화 잡지사를 퇴사했다. 2년이 안 되는 길지도 짧지도 않은 시간이 여행처럼 여겨졌다. 따뜻한 남쪽 나라를 다녀온 것 같기도 하고, 차갑고 황망한 대륙 어디쯤을 다녀온 것 같기도 했다. 또 신나게 한 편의 꿈을 꾼 것 같기도 했다. 한참 울기도 하고 한참 웃기도 하면서 별일이 다 일어났던 것 같은데 깨어났을 때 그 꿈의 내용이 어떤 한 가지로 또렷하게 떠오르지 않는 그런 꿈. 꿈인 줄 알면서도 언젠간 깨어날 것을 알기에 최선을 다해서 성실하게 꾸는 꿈.

일과 일상의 분리 그리고 균형을 기대하며 변화를 모색했지만 나는 또 한 번 실패했다. 이전의 나

를 바꿔 새로운 내가 되어보려고 했지만 보기 좋게
번아웃됐다. 두 가지를 다 잘할 수는 없었다. 그래도
아주 실패하지는 않았다고, 절반의 성공이었다고 말
해도 될까. 세상의 다른 것들도 좋아하지만 결국 나
는 산을 가장 좋아하는 것이다. 산에서의 나를 좋아
하는 것이다.

산과 함께

2020년 1월의 마지막 날 밤 자정, 동서울터미널에서 지리산 백무동으로 출발하는 심야버스에 올랐다. 첫 번째 지리산 등산 이후에도 나는 종종 지리산을 찾았다. 친한 언니와, 친한 동생과, 친한 친구와, 한때 가장 가까웠지만 결국 스쳐 지나간 시절 인연들과. 그러고 보니 산악 잡지 취재로 갔을 때를 제외하고 지리산은 늘 그 시절 나와 가장 가깝게 지낸 사람들과 올랐다. 서울에서 버스로도 기차로도 모두 네 시간 거리, 참으로 멀고 먼 지리산이기에 애초에 마음 맞지 않은 사람과 갈 일은 없다.

백무동, 중산리, 대원사, 뱀사골, 피아골, 묘향암 그리고 주능선 반대편 만복대로 이어지는 서북 능선 종주. 함께하는 사람의 체력과 그날의 기상 상황, 산행 당일의 기분에 따라 코스와 거리를 달리해 지리산 골짜기 구석구석을 오르내렸다. 화대종주도 두 번 완주했다. 대개 2박 3일이 걸리는 화대종주를 2017년 여름과 2018년 여름에 열 시간에 걸쳐 당일치기로 완주했다. 화엄사에서 대원사까지 달리는 트레일러닝 대회에 출전했기 때문이다.

이번 산행은 처음으로 나 혼자 지리산에 오른다는 이유 외에도 한 가지 더 특별한 점이 있었다. 스물다섯에 처음 오르내린 그 지리산, 산행 초보인

탓에 화엄사에서 대원사가 아닌 성삼재에서 백무동으로 타협해 오르내린 그 지리산을 그로부터 10년이 지난 지금 거꾸로 오르고 싶어진 것이다. 그러니까 백무동에서 성삼재까지. 아니, 화엄사까지. 과거의 길을 거슬러 오르고 싶었다. 시시각각 변하고 변하는 산의 장면에 가슴 설레고 감동하고 다시 꿈꾸던 처음의 나와 재회하고 싶었다.

　　지리산 등산객으로 만원을 이룬 심야버스는 이튿날 새벽 3시 30분, 백무동 정류장에 도착했다. 무사히 다녀오시라는 기사 아저씨의 인사와 함께 하차한 모두는 동절기 입산 시간인 새벽 4시, 천왕봉을 향해 나아갔다.

　　나는 무리지어 오르는 사람들 틈새를 재빠르게 앞질렀다. 적지 않게 지리산을 올랐음에도 한 번도 제대로 보지 못한 천왕봉 일출을 보고 싶었다. 서둘러야 했다. 백무동에서 천왕봉까지는 약 8킬로미터. 늘 하산하기만 했던 길을 거꾸로 오르려니 시간이 얼마나 걸릴지 가늠이 되지 않았다.

　　겨울 지리산 일출 시간은 7시 30분. 8킬로미터 떨어진 정상을 더도 말고 덜도 말고 세 시간 반 안에 올라야 했다. 더 빨라서도 안 되고 더 느려서도 안 되는 이유는 체온 때문이다. 너무 빨리 가면 일출 시간까지 덜덜 떨어야 하고 너무 늦게 가면 일출도 못 볼뿐더러 역시 가는 동안 찬바람에 오랜 시간 노출돼 이래저래 몸이 식는다. 적당한 열과 땀으로 스스로 몸을 덥히면서 올라야 무사히 정상에 도착할 수 있다. 나에게 맞는 적당한 속도와 적당한 온도를 유지하면서 올라야 무사히 목표에 닿을 수 있다. 마치 인생의 중요한 태도를 발견한 사람처럼 흐뭇한 기분으로 새까만 어둠과 차디찬 공기를 갈랐다. 새하얀 눈이 소복이 깔린 산길 위에서 정신도 명료해지고 정갈해졌다.

하지만 고도가 높아질수록 날카로운 칼바람에 이리저리 휘청였다. 뼛속 깊숙이 스며드는 한기 앞에서 적당한 속도와 적당한 온도도 기준을 잃고 흔들렸다. 살기 위해 발길을 재촉했다. 그렇게 가까스로 도착한 장터목 대피소에서 잠시 바람을 피했다. 그리고 7시 30분, 천왕봉에 올라 2월 1일의 일출을 만났다.

고대해온 정상과 정상에서의 일출을 뒤로하고 노고단 쪽으로 몸을 돌려 나아갔다. 대개 정상을 바라보며 며칠에 걸쳐 이곳을 향해 걸어오는 길을 반대로 걷는 동안 나는 몇 번이고 뒤돌아봤다. 지리산에 올 때마다 기대하며 마주했던 장면이 나를 바라보고 있었다. 정상에 오른 뒤 유유히 거꾸로 나아가는 길 위에서 나는 편안함을 느꼈다.

그동안 오르던 길을 반대로 되짚어 가면서 전에는 몰랐던 풍경, 놓쳤던 풍경을 하나둘 차근차근 마주했다. 지리산에 빠진 사람들이라면 사랑해 마지않는 연하선경의 절경을 반대쪽에서 바라보니 새롭기도 했고 여름에만 만났던 세석 대피소를 설경과 함께 감상하니 신비로웠다. 번번이 스쳐 지나기만 했던 벽소령 대피소에서의 하룻밤도 좋았다. 따뜻한 마룻바닥에 담요를 깔고 누워 창밖의 산속 오후를 바라보며 새삼 행복하다고 생각했다.

형제봉, 명선봉, 토끼봉, 삼도봉, 반야봉…. 또렷하게 기억하는 그 산의 봉우리들을 날래고 엽렵한 몸짓으로 하나씩 오르내리며 조금씩 노고단과 가까워지자 언제나 그랬듯 아쉬움이 들어섰다. 적막강산에서 홀로 고요히 누렸던 황홀의 시간이 저물어가고 있었다.

다시 이곳에 올 수 있을까. 다시 이곳에서 잠들 수 있을까. 물론이다. 다음이 있다. 다음에 다시 오면 된다. 이 산에서 내려가면 나의 삶이 기다리고 있다. 화엄사로 내려서며 얼른 집으로 돌아가 쉬고 싶었다.

산이 있어서 내가 가진 걸 잠시 내려놓고 쉴 수 있었다. 그리고 산이 있어서 삶의 어느 시기보다 열심히 살 수 있었다. 앞만 보고 달려온 걸음을 멈출 수 있었던 곳도 산이었다. 생의 그 어느 순간보다 빠르게 달렸던 곳도 산이었다. 산이기에 최선을 다하고 싶었고 산이기에 그러고 싶지 않았다. 산으로 도망치고 싶었던 날들에 이어 산에서 도망치고 싶은 날들을 통과했다. 산에서 나는 기뻐했고 슬퍼했다. 사랑했고 미워했다.

그리고 그 모든 마음은 부정할 수 없는 내 것이었다. 고요하게 겸허하게 오르는 산이 좋다. 들뜬 나를 차갑게 하는 그 산이 좋다. 하지만 치열하게 맹렬하게 오르는 산도 좋다. 처진 나를 뜨겁게 하는 그 산도 좋다. 내면을 향하는 산도 좋고 바깥과 소통하는 산도 좋다. 두 개의 산을 오고 가며 나는 이제 서서히 나에게 편안한 페이스를 찾아가는 것 같다.

겨울 어느 날 올랐던 한라산이 떠오른다. 관음사에서 성판악까지, 사람 하나 보이지 않는 산길을 홀로 거스르며 정상을 향하던 새벽, 코라도 닿을 듯 땅만 쳐다보며 오르던 그 산의 8부 능선에서, 가지마다 화려하게 핀 상고대 앞에서, 하늘 호수 백록담 앞에서, 너무 아름다워서 나는 한참을 울다 웃었다.

이런 풍경을 볼 수 있어서 감사하다고, 더는 바랄 것이 없다고 산을 향해 기도했다. 계속해서 이런 나로 살고 싶었다.

가진 것보다 갖지 못한 것이 많다. 잘하는 것보다 서툴고 부족한 것이 많다. 그런 내가 이 세상에 던져지고서 번번이 느낀 결핍감과 우울감은 지금 생각해도 아찔하기만 하다. 하지만 비교로 인한 감정이 더는 나를 다치게 하지 못하는 순간이 찾아왔다. 비교 자체가 무의미해진 순간도 찾아왔다. 바로 내 모든 걸 있는 그대로 받아준 산에서 보낸 시간이 켜켜이 쌓이면서 맞이한 순간이다.

물론 지금도 수없이 좌절한다. 하지만 훌훌 털고 금세 회복할 줄도 안다. 방법은 단순하다. 산에 가면 된다. 산을 오르고 달리고 나면 적어도 산을 오르기 전보다는 어떻게든 나아진다.

가족과 오른 산은 특별히 기억에 남는다. 정년 퇴직 후 담배를 끊은 아빠가 핸드폰에 만보기 앱을 깔고 뒷산에 가자고 했을 때, 무릎이 아픈 엄마가 지금이 아니면 평생 못 가볼 것 같다며 울산바위 전망대까지 같이 가자고 했을 때, 취업 준비로 영혼까지 상해 있던 동생이 북한산에 데려가 달라고 했을 때, 나는 왠지 우리가 오랜 시간을 돌고 돌아 서로를 이

해하고 있다는 느낌을 받았다. 갖지 못한 것이 더 많은 내 삶이, 서툴고 부족한 것이 더 많은 내 삶이 이해받는 것 같았다.

문득 떠오르는 사람들이 있다. 어느새 내 인생의 한 축을 이루고 있는 사람들, 바로 산에서 만난 사람들, 산이 아니었다면 아마 만나지 못했을 사람들, 내 삶이 흔들릴 때마다 묵묵히 산이 되어준 사람들, 산보다 더 크고 길고 깊은 삶을 나누는 사람들. 그들의 순수와 열정이 곁에 있었기에 나도 멈추지 않고 지금까지 산을 오르고 달릴 수 있었다.

그리고 산을 달리면서 만난 사랑하는 J. 세상에서 가장 빠른 트레일러너를 꿈꾸며 지금 이 순간에도 어느 산에선가 부단히 땀을 흘리고 있을 그를 생각하면 존경의 마음마저 든다. 그와 함께 오를 세계의 산을 생각하면 설렌다. 우리가 앞으로 만들어갈 미래도 그 수많은 산 중 하나일 것이다.

산을 처음 오르기 시작했을 때부터 바라던 것에 대해 생각한다. 내가 나를 사랑하며 살아가는 것. 외부의 욕망이 아닌 내면의 본성을 따르며, 내 안의 순수를 지키며, 본연의 나를 인정하며, 그렇게 소박하게 위대하게 살아가는 것. 지금껏 그래왔듯 산과 함께. 내 안의 산에서, 내 바깥의 산에서 무한한 것들과 영원한 것들을 갈망하며, 산을 넘고 나를 넘어 더 크고 넓고 깊은 세상으로 나아가고 싶다. 날기 위해 나는 새처럼 언제라도 훌쩍 배낭 하나 메고서 오르기 위해 오르는 산 사람으로 살아가고 싶다.

뒷산 클라이머

그렇게 산 사람으로 살아가고 싶었는데…. 그렇게 다짐하듯 비장하게 지리산도 다시 다녀왔는데…. 그 다짐을 약속하듯 이 책을 마무리했는데…. 고백하면 나에게는 산 사람으로 살아갈 계획이 있었다. 잡지사를 퇴사하고 이 책을 완성한 그다음으로 준비한 '미래'가 있었다. 산과 좀 더 가까이 있을 수 있는 일, 그러면서 지금까지 해온 일과는 다른 일, 다시 한 번 새로운 내가 되어보는 일.

2020년 5월, 오래전 취재 산행 때 인연을 맺은 여행사 세 곳과 등산 여행 프로그램을 기획해 가이드로 동행하기로 했다. 그중 한 곳은 일본이었다. 주말을 이용해 그동안 내가 다녀왔던 일본 소도시의 크고 작은 산들을 안내하는 일이었다. 산과 자연을 대하는 정서가 닮은 소수 정예의 사람들과 소박하게 여행하고 싶었다. 그러나 일본과의 관계가 급격히 악화되더니 급기야 일본 불매 운동이 벌어졌고 해가 바뀌었음에도 여전히 한일 정세는 나아질 기미가 보이지 않는다.

또 다른 곳은 중국이었다. 페리를 타고 서해를 건너 중국 산둥반도 인근의 산 두 곳을 여행하는 프로그램이었다. 총 스무 명 중 내가 모객하기로 한 열 명 남짓한 정원은 평소 함께 산에 다닌 지인들만으로 충분할 것 같았다. 2월 중순, 이 책의 초고를 출판사에 보내고 5월 첫째 주 일정으로 떠나면 되는 상황이었다. 그러나 2월 말, 신종 코로나가 창궐했다. 국내외 상황은 도미노처럼 연달아 마비되었다.

세상 일이 자기 마음대로 흘러가지만은 않는다는 사실은 나뿐만 아니라 이 시절을 통과하는 모두가 깨닫고 있을 테니 여기서 굳이 억울함을 호소할 생각은 없다. 다만 눈 뜨고 코 베인 듯 당혹스러웠다. 지난해 겨울부터 여행 업계를 통해 '중국 폐렴' 소식을 들었을 때만 해도 사태가 이렇게까지 심각해질 줄 몰랐다. 날마다 쭉쭉 늘어나는 확진 환자 숫자를 보면서는 그저 어이가 없었다. 이 세상은 지금 어떻게 흘러가고 있는 걸까. 인류는? 지구는?

사람이 사람을 경계하고 내가 나조차 믿을 수 없는 상황에 이르자 더 절망적인 기분이 되었다. 가족을 보고 싶어도 집에 가기가 두려웠다. 서울 한복판을 헤치고, 밀폐된 지하철을 타고, 불특정 다수의 사람들로 가득한 터미널을 거쳐, 다시 밀폐된 버스를 타고 고향에 내려가 가족을 만난다는 건 위험을 무릅쓴 모험에 가까웠다. 사람을 만나는 일 자체가 꺼려졌다. 방이라는 섬에 고립된 것 같은 기분이 들었다.

갈 곳이 없었다. 모든 길이 막혔다. 하늘길도, 내 미래도. 무력한 기분으로 신촌의 자취방에 누워 있으니 기시감이 들었다. 9년 전, 히말라야에서 반 년을 보내고 한국에 돌아왔을 때 느꼈던 공허함과 막막함. 이 기약 없는 유예 앞에서 나는 어디로 가야 할까. 무엇을 해야 할까.

뭐라도 해야겠다고 생각했을 때 문득 뒷산이 떠올랐다. 내가 가고자 했던 먼 산은 아니지만, 큰 산은 아니지만, 지금 이 순간 갈 수 있는 곳이 있어 다행이라고 해야 할지.

돌이켜보면 뒷산은 나에게 가장 가까우면서도 가장 먼 산이었다. 산악회 활동을 하던 출판사 편집 자 시절에는 도장 깨기 하듯 주말마다 전국 국립공 원을 다니느라 바빴다. 산악 잡지 기자 시절에는 그 시즌에 어울리는 좋은 산들만 찾아 쫓아다니기에도 시간이 부족했다. 문화 잡지를 만들 때는 마음에 여 유가 없어선지 만사가 귀찮고 피곤했다.

우리 집 뒷산 안산은 해발 3백 미터도 안 되는 작은 산이다. 그래도 인왕산 능선과 붙어 있고 정상 에 오르면 북한산을 비롯한 서울 도심의 풍경을 한 눈에 볼 수 있어 동네 주민들을 비롯해 많은 사람이 즐겨 찾는 산이다.

3월의 한갓진 월요일, 늘 걸쳐 입는 추리닝에 늘 끌고 다니는 운동화를 신고 터벅터벅 뒷산으로 향했다. 자고 일어난 그대로인 민낯에 질끈 동여맨 머리가 추레했지만 평일 뒷산에서 아는 사람을 만날 확률은 매우 낮으므로 개의치 않았다.

　　그러나 아는 사람만 못 만났지 정말 많은 사람을 만났다. 코로나가 만연한 이 시국에 이렇게 많은 사람이 이렇게 같은 산에 있어도 괜찮은 걸까 싶을 만큼 많았다. 저마다 일터에서 일을 하고 있어야 마땅한 이 시간에, 나와 비슷한 추리닝 차림으로 산에 오른 사람들을 보면서 궁금해졌다. 나도 나지만, 저 사람은 뭐 하는 사람일까? 왜 이 시간에 산에 왔을까? 무슨 일을 하며 먹고살까?

　　배낭 브랜드를 운영하는 등산학교 동기 녀석이 얼마 전 했던 말이 떠올랐다. 코로나 여파로 매출이 오히려 늘었다고 했다. 볕과 꽃이 한창인 호시절에 바람은 자꾸 밖으로 나오라 하고, 다른 나라 다른 지역으로는 떠날 수 없고, 봄마다 떠들썩하게 벌어지는 행사는 다 취소됐고, 밀폐된 실내 공간은 입장하기가 꺼려지는 이런 시국에, 사람들이 결국 산으로 간다는 이야기였다. 뉴스 기사를 봐도 등산 인구가 지난해보다 40퍼센트가량 늘고, 다른 소비재와는 달리 등산 용품 또한 판매량이 급증했다고 한다. 아마 다들 사람 붐비는 도심보다는 나무, 흙, 풀, 피톤치드 가득한 산이 나을 거라 생각했을 것이다. 그런데 사람 붐비는 산이라니.

'거리를 두라'는 정부의 권고를 따르는 건지 사람들은 적당한 간격을 두고 열심히 혼산을 했다. 이렇게 다시 등산 열풍이 도래하는 것인가! 유행이 돌고 도는 것처럼 다시 등산 바람이 거세게 불지도 모를 일이다. 뭐 눈에는 뭐만 보인다고 내 눈에는 어느새 산에 가는 사람들만 보였다. 사람들 사이로 '갈 데도 없어서 산이나 왔다'는 말이 빈번하게 들렸다.

구청에서 만든 둘레길을 천천히 걷다가 사람들이 붐비지 않는 곳에서는 조금 달리고, 다시 사람들이 나타나면 거리 두고 걷기를 반복하니 처음 출발한 곳에 도착했다. 그리고 다음 날, 또 다음 날, 또또 다음 날, 갈 곳 없고 할 일 없는 나는 부지런히 뒷산을 오르고 또 올랐다. 둘레길을 도는 일이 그새 지루해지자 새로운 길을 찾아 걷고 달렸다. 멀리서 볼 때는 우뚝 솟은 하나의 봉우리일 뿐인 산에 이토록 수많은 언덕이 있고 길이 있는지는 언제나 산에 들어서서야 새삼 다시 알게 된다.

평일 오전 10시에 슬렁슬렁 뒷산의 비좁은 등

산로를 걷다가 약수 한 모금으로 목을 축이고 바람 한 줄기와 마주할 때의 기분이란. 오늘의 태양이 일과를 마치고 저 산 너머로 사라지는 광경을 말없이 바라보고 있을 때의 기분이란. 잠시 멈추겠다고 다짐하지 않았다면, 지금까지 살아온 삶에서 이탈하지 않았다면, 불안을 감수하겠다고 용기 내지 않았다면 그리고 거리를 두지 않았다면 누리지 못했을 소중한 순간들이다.

그나저나 나는 바람대로 산 사람으로 살아갈 수 있을까? 모르겠다. 통장 잔고는 다달이 줄어들고 있다. 언제 다시 세계의 산으로 향할 수 있을지 기약도 없다. 한숨 쉬는 시간만 많다.

그러다 어느 순간 그런 생각이 들었다. 그저 지금 내가 오를 수 있는 작고 낮은 산을 꾸준히 오르고 오르는 것이 바로 산 사람으로 사는 것 아닐까 하고 말이다. 평일 한낮의 작고 낮은 산에서 보내는 지금 이 순간도 제대로 즐기지 못하면서 지금 이곳에 없는 멀고 높은 산만을 바라보는 일은 좀 어리석지 않나. 작고 낮은 산부터 매일매일 오르고 오르다 보면 시간이 흘러 산이 나를 또다시 다른 산으로 연결해주겠지. 다른 세상으로 데려다주겠지. 언제나 그랬던 것처럼. 그날까지 묵묵히 내 앞의 산을, 내 몫의

삶을 오르고 또 올라야겠다. 그러다 보면 기대하지
않았던 곳에서 내리막도 만나겠지.

　　5월 1일 근로자의 날, 휴일을 맞아 이런저런 산
에서 유쾌한 하루를 보낸 사람들의 #산스타그램 사
진이 인스타그램 피드로 마구 올라온다. 그럼 나도
슬슬 석양을 보러 오늘의 뒷산을 올라볼까.

나를 만든 세계, 내가 만든 세계
'아무튼'은 나에게 기쁨이자 즐거움이 되는,
생각만 해도 좋은 한 가지를 담은 에세이 시리즈입니다.
위고, 제철소, 코난북스, 세 출판사가 함께 펴냅니다.

아무튼, 산

1판 1쇄 발행 2020년 6월 15일
1판 9쇄 발행 2023년 11월 11일
지은이 장보영
펴낸이 이정규
펴낸곳 코난북스
출판등록 제2013-000275호
전화 070-7620-0369
팩스 0505-330-1020
이메일 conanpress@gmail.com
홈페이지 conanbooks.com

ⓒ 장보영, 2023

ISBN 979-11-88605-14-9 02810

이 도서의 국립중앙도서관 출판예정도서목록(CIP)은
서지정보유통지원시스템 홈페이지(http://seoji.nl.go.kr)와
국가자료공동목록시스템(http://www.nl.go.kr/kolisnet)에서
이용하실 수 있습니다.(CIP제어번호: CIP2020020333)